◎《中华诗词》类编

《中华诗词》杂志社同仁作品集

《中华诗词》杂志社 编

中国书籍出版社
China Book Press

图书在版编目（CIP）数据

《中华诗词》杂志社同仁作品集 /《中华诗词》杂志社编. -- 北京：中国书籍出版社, 2022.10
(《中华诗词》类编；8)
ISBN 978-7-5068-9206-3

Ⅰ.①中… Ⅱ.①中… Ⅲ.①诗词—作品集—中国—当代 Ⅳ.①I227

中国版本图书馆CIP数据核字（2022）第177318号

《中华诗词》杂志社同仁作品集
《中华诗词》杂志社　编

策划编辑	师　之
责任编辑	盛　洁
责任印制	孙马飞　马　芝
封面设计	张亚东
出版发行	中国书籍出版社
地　　址	北京市丰台区三路居路97号（邮编：100073）
电　　话	（010）52257143（总编室）　（010）52257140（发行部）
电子邮箱	eo@chinabp.com.cn
经　　销	全国新华书店
印　　刷	廊坊市金虹宇印务有限公司
开　　本	787毫米×1092毫米　1/16
字　　数	142千字
印　　张	13.25
版　　次	2022年10月第1版　2022年10月第1次印刷
书　　号	ISBN 978-7-5068-9206-3
定　　价	432.00元（全9册）

版权所有　翻印必究

目录

高　昌｜伊犁天马　1

　　双同村截句　1

　　哭张结老师　1

　　七夕杂感　1

　　中秋有寄　2

　　寄语《中华诗词》杂志　2

　　重走浙东唐诗之路　2

　　送立东入藏用齐佳韵（二首选一）　2

　　谒无名烈士墓　2

　　江油留句——诵《静夜思》有感　3

　　黄河壶口偶拾　3

　　瞻八一南昌起义纪念塔　3

　　麦秸垛　3

　　攸县见洣水西流有感　3

　　中秋寄怀谨步杨逸明老师元韵　4

　　观兵马俑坑　4

　　焦桐　4

　　荆雷先生为我在黄河壶口瀑布留照　4

　　向往的生活　4

汤阴岳庙杂感　5

《百年中国的感情气候》书末赘语（四首选一）　5

秋塘小立　5

怀袁崇焕　5

天坛回音壁　5

为潘大临"满城风雨近重阳"续句呈寄元洛老师　6

赋得北京天安门　6

寄雨冬　6

景山槐下四问　7

芒种琐忆　7

咏狗狗　7

步韵和樱林花主阜成门雪中看花绝句（五首选二）　7

金鞭溪印象　8

雪日读书和凯公五律一首　8

静安居漫笔　8

辛丑立冬初雪怀古　8

沪江香满楼陪饭呈欣森老会长　9

次韵奉和文彰会长五代会感言诗　9

礼让歌　9

过卧龙岗　10

步月漫笔　10

闻中方向日本捐赠核酸检测试剂盒　10

阴山下　11

步韵咏《夜重庆》　11

依韵和赵公焱森吟丈《衡岳论廉》　11

题韫辉院士摄南极伊娃山　12

卜居小唱　12

乾陵无字碑　12

白露诗　13

元旦抒怀酬张宇先生仍次原韵　13

哈尔滨圣索菲亚大教堂感怀　13

庐山小唱　14

刺汪　14

中秋一挥　14

鹧鸪天·渔浦怀古　15

南歌子·春风里的我　15

霜天晓角·昌黎黄金海岸观浪　15

踏莎行·西湖新咏　15

生查子·兰花草　16

阮郎归·海棠无香　16

少年游·本意　16

沁园春·顺唐巷4号　16

生查子·樱花谣　17

水调歌头·为邢台大贤村洪灾遇难孩童而哭　17

八声甘州·海棠雅集小唱　17

鹧鸪天·给诗　18

水调歌头·小漫话　18

卜算子·那爱　18

忆秦娥·辛丑海棠雅集尽欢而别赋词以记并遥致凯公　18

鹧鸪天·一串红　19

鹧鸪天·静安庄大雪依韵和鲍坚兄　19

【中吕·山坡羊】清洁赞（二首）　19

双井茶小歌　20

随州古编钟辞　20

范诗银｜曹娥江　21

乡约　21

渔阳诗柳　21

三宿岩　21

唐赛儿　22

金山寺　22

双溪　22

苍溪　22

过采桑湖怀周逸群烈士　22

霜露蒲藕　23

莲叶　23

周剑　23

吊李白墓　23

跨过鸭绿江　24

大井　25

写给母亲　25

庚子春兴九章　25

鹧鸪天·四十年后又到乌兰察布阵雨高虹有记　27

鹧鸪天·中秋寄月　27

西江月·逐弱水而行　28

西江月·居延怀古　28

卜算子·边关题梅　28

蝶恋花·春杏　28

蝶恋花·柳泉　29

一剪梅·咏荷　29

一丛花·丁酉重阳有题　29

新荷叶·荆州南门并序　29

减兰·小别京华　30

减兰·元旦寄春　30

浣溪沙·雪望　30

浣溪沙·玉溪聂耳广场　30

浣溪沙·临高角　31

水调歌头·梦出雁门　31

金缕曲·遵义　31

春从天上来·丙申冬月第二届帅园论坛西山赋月　32

汉宫春·过伶仃洋　32

贺新郎·端午怀屈原并序　32

摸鱼儿·瓢泉怀稼轩并序　33

紫玉箫·采石矶怀李白　34

八声甘州·三一诗院题《中华军旅诗词》十六卷草稿　35

望海潮·长缨在手并序　35

水调歌头·七月七日全面抗战八十年之夜北京雷雨大作有记　35

玉漏迟·黄梅并序　36

望云间·丙申葭月同散曲诸子登原平天芽山有怀　36

凤敲竹·清明祭　36

满江红·钓鱼城怀古　37

沁园春·庚子初一　38

满江红·致敬驰援武汉的解放军医疗队员们　38

声声慢·雪后上元寄与病魔抗争的武汉诗友　38

一萼红·又寄与病魔抗争的武汉诗友　39

芳草·敬礼永远的白衣战士　39

望云间·2月21日读"疫情地图"　39

念奴娇·致敬人民警察　40

白雪·2月28日读钟南山笑容　40

国香·致敬抗疫志愿服务者　40

林　峰｜龙游绿葱湖　41

南通狼山国家森林公园　41

夜游濠河　41

江宁钱家渡　41

三过渔浦　42

衢州烂柯山之青霞洞　42

衢州烂柯山之一线天　42

南京浦口行吟之水墨大埝　42

月牙泉　42

读徐培晨先生之"丹青猿猴"（选二）　43

府谷行吟之千佛洞　43

春雨　43

夜赏樱花　44

正蓝旗金莲川草原　44

敬次马凯先生翘首好诗韵并和　44

河津真武庙　45

大梁山　45

通川谭家沟　45

北京冬残奥会礼赞　46

改革开放赞　46

喀喇昆仑英雄赞　46

玉海藏书楼并寄瑞安诸友　47

国图紫竹院讲座分韵得"眬"字　47

福建莆田九鲤湖　47

河津龙门　48

接林凡公墨宝赋此遥谢　48

天宁禅寺　48

贺兰山　49

雨中重访国清寺　49

悼袁隆平先生　49

题传富先生龙山图　50

雨中谒鱼山曹植墓并呈建华守森先生　50

《中华诗词》杂志社乔迁新址　50

薛仁贵故里　51

沈鹏公米寿依梁东老韵　51

安徽沱湖　51

威海"华夏城·太平禅寺"　52

梅州叶帅故居　52

常山江（宋诗之河）　52

罗浮山　53

浣溪沙·全党工作重点转移　53

浣溪沙·贵阳与守先纪波诸兄同访冯泽老　53

临江仙·盐城大纵湖　53

浣溪沙·垫江牡丹　54

临江仙·娲皇宫　54

卜算子·十九届六中全会谨依文彰先生韵并和　54

水调歌头·张家界　54

生查子·《中华辞赋》迎春雅集　55

忆秦娥·"9·3大阅兵"用沈鹏先生韵谨和　55

西江月·大纵湖芦荡迷宫　55

水龙吟·读徐培晨雅丹国家地质公园　55

鹧鸪天·射阳鹤乡菊海　56

西江月·伯农先生八旬华诞　56

临江仙·港珠澳大桥并贺建国七十周年　56

行香子·义桥老街　56

鹧鸪天·黄河第一湾　57

鹧鸪天·流江河湿地公园　57

踏莎行·那色峰海　57

水调歌头·谒达州元稹纪念馆　57

鹧鸪天·凤仪桥韵　58

鹧鸪天·羊山战役纪念馆　58

西江月·马致远故居　58

水龙吟·宣汉马渡关　58

沁园春·黄河石林　59

贺新郎·依森公贺中华诗词学会成立三十周年韵并和　59

水调歌头·甘肃永泰龟城遗址　59

西江月·新泰青云山庄　60

采桑子·雨中西湖　60

南乡子·南京鸡鸣寺　60

庆春泽·丙申恭王府海棠雅集　60

刘庆霖 | 毛泽东在开国大典上　61

题张家界天子山　61

中秋赏月述怀　61

军营抒怀　61

杂感　62

观兵马俑　62

北疆哨兵　62

故乡边境行　62

高原牧场　62

西藏牧者　63

西藏朝圣者　63

冬天打背柴　63

十二上龙潭山之一　63

赏焕秋书法　63

泰山观日出　64

汉将李广 64

送于德水之日本 64

在明长城下饮酒 64

色季拉山口见蝴蝶 64

北京杂感 65

悼念华国锋 67

西府海棠 67

遂昌赏山 67

吉林雾凇 67

宝顶山千手观音偈 67

入山行 68

题京西古道驮马塑像 68

西安怀古 69

全民族抗战 69

行宿千山有感 69

代盲人作 70

访潭柘寺 70

偶得 70

松花江 71

题梅岭石人 71

宿白蒲与诗友夜入宾馆后院法宝寺 71

西柏坡忆毛泽东"进京赶考"之语 72

周恩来 72

西山早春 72

临江仙·渡江战役 73

| 目录 |

临江仙·春过北京大观园　73

临江仙·京西送王子江回故里　73

临江仙·酒泉抒怀　73

浣溪沙·玉溪拜谒聂耳铜像　74

鹧鸪天·秋日傍晚过灵山寺　74

风入松·边关潜伏　74

行香子·昙花　74

临江仙·写给一位北漂　75

蝶恋花·秋行香山曹雪芹小道　75

南歌子·黄继光　75

鹧鸪天·忆母亲做布鞋　75

水调歌头·思故乡　76

鹧鸪天·写给儿童节　76

风入松·平谷赏桃花路转丫髻山下　76

浣溪沙·过六尺巷　76

舞春风·在武威想起霍去病　77

临江仙·东安阁　77

临江仙·笼中鸟　77

临江仙·三月回京望西山　77

眼儿媚·秋晨山中送雁　78

风入松·十八年后又过绍兴有忆　78

【中吕·山坡羊】望昆仑山哨所　78

【中吕·山坡羊】圣莲山春日　78

居香山歌　79

神游火焰山　79

永定河放歌　80

宋彩霞｜挑夫　81

己亥正月初二赏天鹅　81

题月　81

春来　81

雨中读荷　82

辛丑北京初雪　82

过九鲤湖咏九鲤飞瀑　82

紫燕　82

紫燕秋去　82

抚海湾湿地　83

第三届（中国·玉溪）中华诗人节歌　83

北京至广元机上　83

仰望卧佛岭　83

第三届"刘征青年诗人奖"（元正杯）评选揭晓

致章学方先生　83

岐山莲花池书所见　84

过瞿塘峡　84

赏仙女瀑　84

郓城南湖荷花畔书所见　84

谨依文彰先生韵贺第二届南天湖梅花诗词文化节开幕　84

敦煌鸣沙山　85

桂花　85

访博兴中国草柳编文化创业产业园　85

壬辰春分赋得兼怀老杜　85

壬寅清明节杂感　86

过龙江　86

环县山城堡战役遗址　86

京城初雪　87

春日赏樱花　87

寄夫君　87

常州机电学院诗词授课致诸君　88

写在杂志社搬家日　88

第二届"刘征诗人奖"颁奖大会云上召开　88

张永忠剪纸奇观　89

辛丑春声　89

东营港望海　89

无题　90

咏水　90

入京十四年（二）　90

入京十四年（三）　91

减字木兰花·恭王府西府海棠　91

女冠子·观牡丹有所思　91

浣溪沙·赏梅　91

醉太平·雷雨　92

酷相思·蝉　92

南歌子·读红楼梦　92

侧犯·念秋　92

鹧鸪天·秋思　93

蝶恋花·春寒　93

蝶恋花·读聂绀弩《赠梅》　93

玉楼春·登黄鹤楼　93

卜算子·观《烟雨凤凰》　94

临江仙·栀子　94

朝中措·盐城赋盐　94

南歌子·春日　94

南歌子·夏日　95

菩萨蛮·又到萧山　95

菩萨蛮·渔浦书所见　95

鹧鸪天·河口分韵嵌"黄河入海我回家"，时在黄河入海口　95

菩萨蛮·渔浦烟光　96

卜算子·2021年元旦　96

鹧鸪天·礼赞喀喇昆仑英雄（三首）　96

玉楼春·北京冬残奥会抒怀　97

次晓川师《临江仙·山居喜雪》韵赋雪　97

蝶恋花·诗词我与你　97

玲珑玉·忆　97

木兰花慢·石岛港观涛　98

摸鱼儿·开江荷花世界写意　98

东风第一枝·己亥新正　98

浣溪沙·谒毛泽东《沁园春·雪》创作地高家洼塬　99

水龙吟·本意　99

登深圳平安大厦　99

女儿女婿双双获得博士学位海外归来歌　100

敦煌十万歌　100

李赞军｜参观毛主席旧居　101

春　101

感怀　101

骨伤上班前一天有感　101

月牙泉　102

有感立春　102

东四六条涮肉馆春节联谊分得"窗"字　102

诗友雅集分韵写减字木兰花，勉力以四行短句塞责　102

清平乐·中秋寄友　102

庚子春思　103

鹧鸪天·和康医疗社区见闻　103

朝中措·庚子春节有感　103

潘　泓｜聊天　104

唐古拉山　104

通天河　104

匹兹堡华盛顿小镇见金银花　104

地铁内所见　105

北京"中国尊"工地夜景仰望　105

菜场回家途中　105

夜梦天台醒后补为七绝三首　105

欲制柳哨未成　106

蓝色港湾蔷薇　106

黑柴　106

共享单车　106

至孟浩然隐居处　107

四月廿九天健宾馆闻雷　107

冬奥会火炬在奥森公园传递　107

伞　108

煮元宵　108

街道边迎春　108

渔浦　109

登中央电视塔　109

陪老伴游泳戏题　109

武汉市孙中山铜像前　110

朱仙镇岳飞庙　110

打工人回乡三部曲　111

浦江通济湖畔农家　111

东三环迎春花　112

重阳夜医院陪父亲　112

为志愿军堂兄题照二首　112

秋中夜从香港飞迪拜　113

上班族一日　113

孔雀石　114

老伴生日　114

上杭客家族谱博物馆　114

铭社南北对抗赛有题为《豆腐脑》，亦试为之三首　115

丽江玉湖村　115

闻封城祝福武汉二首　116

老伴侍花咏　116

临江仙·冰壶　116

金缕曲·黑洞之声遐想　117

行香子·萃锦园语花　117

临江仙·在遂昌欣赏上海昆剧团张莉、陶思妤演出《牡丹亭·游园》　117

定风波·乙未腊八在张家口沙岭子村　118

鹧鸪天·张家口杂粮店主小云速写　118

临江仙·种牙后戏笔　118

桂枝香·早点摊　118

念奴娇·过虎豹口　119

高阳台·偕半亩塘诸子白洋淀望月岛放荷灯　119

八声甘州·机场送诸家人返美　119

临江仙·靖安"稻田+"新农村　120

定风波·饮信阳毛尖　120

念奴娇·登正定古城　120

诉衷情·蜗牛　120

采茶曲　121

华盛顿国家公园二战纪念碑　121

迦陵学舍主人歌　121

涉县赤岸八路军129师司令部行记　122

喜鹊　122

驼峰岭歌　123

胡　彭｜无风的深秋是北京的真美　124

　　　　京城一夜大风雪凋尽银杏　124

　　　　见湖上玉带桥怀念昔年日子　124

　　　　沛县汉城公园寻梅　125

　　　　儿童乐园路边摊买了支外焦里嫩先煮后烤涂抹各种果酱酸奶芝士的黏玉米，且啃且赏景　125

　　　　汤沐湖边很多石榴树，传说5月生人的幸运花是石榴　125

　　　　过湄洲天后宫遥瞻如意妈祖像　125

　　　　湄洲岛礼觐海上卧佛　126

　　　　榆林红石峡观石刻漫漶有憾　126

　　　　无定河怀古　126

　　　　高铁遇雨挂窗如丝帘　126

　　　　莫高窟一瞥　126

　　　　紫薇花开　127

　　　　玉门关步月　127

　　　　端午苏北路上掠几影　128

　　　　李广桃　129

　　　　与陈竹松会长留别　129

　　　　返京后夜来有雨　129

　　　　湄洲岛月下踏夜潮　129

　　　　武汉参加女子诗词论坛即席　130

　　　　江南友人发来无锡香雪海视频，其美入骨。题之　130

　　　　中秋假日返江苏老家奉母过节　130

雨中长跑　131

陕西榆林清涧县高家洼塬放眼　131

榆林神木探访四千多年前石峁遗址　131

别河津诗友　132

飞赴敦煌　132

说思念　132

说倾心　133

清明悼亡　133

自拟樱斋联　133

忆王孙·虎年人日金陵好大雪急问梅花消息　134

立冬和蒋公定之《鹧鸪天》，时北京大风雪中　134

玉楼春·早春咏腊梅　134

减字木兰花·见道边丁香芽知春来寄江南　134

鹧鸪天·过三峡咏怀，时在宜昌　135

鹧鸪天·端午寄武汉　135

洞仙歌·辛丑春节读南京子川君庚子吟稿　135

临江仙·赴南京参加省诗协换届大会，离开南京25年矣　135

水调歌头·与荆门采风众词长泛舟漳河应命作水调忽念河南亦有漳河　136

定风波·得宁海枇杷寄园主叶国秀　136

三姝媚·敦煌看人扮汉将军执戟吼"不破楼兰终不还"　136

尾犯·初至永嘉书院居楠溪江边林间树屋见上弦月怀人　137

尾犯　　137

与子侄辈讲解古音乐基本知识有慨　　138

梦游荆门钟祥大口国家森林公园三十韵　　138

【南仙吕入双调·朝元歌】别后　　139

雨骚　　140

【韩诗汉译】骚体·奶　　140

【双调·蝶恋花】散曲工委锡林郭勒散曲大会畅想　　141

【正宫·端正好】荆门白云楼参吕洞宾寄怀　　142

【仙吕·八声甘州】萧山义桥镇三江口雨中　　143

何　鹤｜秋景　　144

韩王谷栈道　　144

树墙　　144

村头偶感　　144

家乡即景　　145

北海漫步　　145

乘地铁　　145

榆林飞返北京　　145

搬家　　145

放鹤亭咏鹤　　146

参观北海九龙壁　　146

海王子之夜　　146

丁酉初六老友小聚　　146

世象戏解　　146

镇江心湖公园摩天轮　　147

赴达州机上偶成 147

天人菊 147

陈胜墓 147

过苏小小墓 147

雨中公交车放《心雨》 148

鄂州博物馆观铜镜 148

临别赠言 148

《中国新古体诗》首发式 148

茅山老子巨像掌心马蜂窝 148

生日天津观海 149

路 149

定慧公园 149

春到黄龙府 149

初到学会上班 150

上班路上 150

马年二月二 150

初登鹳雀楼有记 151

北京赴海口机上 151

春分日回杨庄偶感 151

清夜 152

八年有记 152

北漂 152

诗中岁月 153

感事 153

下班路上有作 153

通州闲咏　154

灯节后一日　154

春到香山　154

天时名苑赏杏　155

河边观捕鱼有记　155

戊戌夏至　155

忆长安街单车遇险　156

牛年正月初一　156

牛年正月十五　156

辛丑春日偶得　157

湄洲湾　157

辛丑重阳　157

雪漫情人节　158

年初踏雪　158

东四街道八条社区52号　158

浣溪沙·临淄石佛堂生态蔬菜园　159

浣溪沙·感春　159

临江仙·观牡丹亭　159

临江仙·聊天　159

临江仙·温州返京　160

清平乐·雅丹地貌　160

菩萨蛮·敦煌壁画　160

临江仙·庚子重阳　160

临江仙·夜访长江　161

青云山放歌　161

黄山歌　161

思母日记　162

张亚东 | 杂志社重回学会办公　164

谒刘伯承元帅墓　164

国庆前夕高铁上闻孟晚舟归国　164

《十四五时期中华诗词发展规划》感赋　164

咏竹　165

参观西柏坡　165

去西柏坡路上　165

刘征老九五大寿　165

端午回家路上作　165

听闻京战老师逝世　166

游湘湖　166

庚楼赏月　166

参观新坝村古牌坊　166

贺演艺界诗词工作委员会成立　166

贺中华诗词学会网站改版　167

远眺敦煌雅丹　167

鸣沙山月牙泉　167

新春雅集分韵"天"字　167

王　文 | 参观导弹营　168

参观杨家岭有感　168

参观燃气站有感　168

节约感怀　169

虎豹口　169

《十四五时期中华诗词发展规划》发布　169

郑　欣｜年末雅局　170

　　　　敦煌印象　170

　　　　月牙泉写意　170

何　鹤｜《中华诗词》年谱　171

高 昌

伊犁天马

振鬣风云起,扬蹄血气腾。
天生千里足,惟盼脱缰绳。

双同村截句

香榧阅千古,山花笑一堆。
光阴权且住,小坐莫相催。

哭张结老师

世路难于蜀,斯人洁似莲。
诗遗情永结,薪尽火长传。

七夕杂感

织痴耕亦拙,牛女各情深。
见此纷纭客,偏怀乞巧心。

中秋有寄

偶尔一轮秋，毋须两地愁。
胸中月无缺，常挂在心头。

寄语《中华诗词》杂志

敢为东风搴一旗，滋红裛绿挺新枝。
律回岁暖春泥沃，正是园丁挥汗时。

重走浙东唐诗之路

烟水情长云岭亲，有花有酒有青春。
放歌太白放歌处，未必峥嵘逊古人。

送立东入藏用齐佳韵（二首选一）

直上云程更复西，昂扬生气与天齐。
囊中应蓄风雷句，敢向珠峰雪顶题。

谒无名烈士墓

来从四海五湖里，隐自千红万紫间。
草径问君无姓字，独邀春雨吊空山。

江油留句
——诵《静夜思》有感

九州山水到江油，千古乡愁滚滚流。
举首依然那轮月，伤心最是一低头。

黄河壶口偶拾

洪波难似在山澄，漫卷惊涛九万层。
多少清流翻浊浪，滔滔入海作龙腾。

瞻八一南昌起义纪念塔

风展红旗热血流，烽烟散处绿春畴。
排云一柱昂然立，好个撑天硬骨头。

麦秸垛

一梦天涯万里回，风吹苍发漫相催。
乡情暖似麦秸垛，老栅栏边堆几堆。

攸县见洣水西流有感

衮衮奔流偏向西，清高格调岂随低。
懒同众水争沧海，独抱家山梦一畦。

中秋寄怀谨步杨逸明老师元韵

照来蓟北照江东,一例清辉今夜同。
遥望天心冰魄冷,乡愁堆满广寒宫。

观兵马俑坑

终于出土见天青,犹状谦卑侍帝廷。
国际歌朝泥俑唱,不知能懂几人听?

焦 桐

排沙斗碱忆焦桐,大爱绵绵耀碧穹。
每有豪情栽热土,于无春处送东风。

荆雷先生为我在黄河壶口瀑布留照

扑面狂涛猛雨来,满壶凛冽醉眸抬。
黄河在侧豪情起,敢领风流占一才。

向往的生活

青山绿水老闲人,锦绣春风远俗尘。
臭美花儿臭贫鸟,者番日子最香醇。

汤阴岳庙杂感

烟笼泥塑立轩昂，粉衬金身祭旧乡。
道是临安弄弦管，依然秦相更风光。

《百年中国的感情气候》书末赘语（四首选一）

那缕阳光照眼明，春风还拂柳烟轻。
某些情节来心底，偶尔回眸猛一惊。

秋塘小立

老荷撑起老时光，多少乡愁已泛黄。
枯叶横斜寒瓣仄，当年蝴蝶去何方？

怀袁崇焕

朱门深处谤言兴，皇玺重时臣命轻。
万剐千刀余铁骨，此心空似玉壶冰。

天坛回音壁

巧匠当年筑此墙，堂堂金碧饰辉煌。
可怜黔首呼声远，何日回音到帝乡？

为潘大临"满城风雨近重阳"续句呈寄元洛老师

满城风雨近重阳，四顾乾坤叹浩茫。
冷看俗氛轻古意，遥知诗共菊花香。

满城风雨近重阳，攘攘熙熙举世忙。
寂寞案头云气湿，闲邀丘壑入轩窗。

满城风雨近重阳，一网深情寄远方。
为有沉吟孤坐久，从教烦溽化清凉。

满城风雨近重阳，甘苦人间滋味长。
佳句秋怀入佳酿，万枫如醉一壶狂。

满城风雨近重阳，遍插茱萸尽感伤。
摩诘唏嘘邠老恨，又传忧患到高昌。

满城风雨近重阳，清卧烟云衾睡乡。
天上阴晴高莫测，满城风雨近重阳。

赋得北京天安门

青史千秋几是非，飘然红日自光辉。
天安岂与民安异，百姓由来作旨归。

寄雨冬

蓦然网海起横波，毕竟骚坛长短多。
明月襟怀留静好，青春风景雨冬歌。

景山槐下四问

圣君果是江山主？万岁当真万岁乎？
青史已随陈叶烂？皇权难把老根诛？

芒种琐忆

麦熟唏嘘忆旧年，而今机割走农田。
剩来一把银镰月，系缕乡愁挂在天。

咏狗狗

哮天不惧风雷阵，巡夜先惊狐鼠徒。
小踞苍岩嗷四野，神威岂必逊於菟。

步韵和樱林花主阜成门雪中看花绝句（五首选二）

玉壶天地绝埃尘，素韵冰心见本真。
踏雪寻花如踏月，清辉曾照一闲人。

水晶襟抱净无尘，至美花间绽至真。
心底芬芳纷似雪，俗人群里做诗人。

金鞭溪印象

打著跟头翻出家,细流淘似野丫丫。
金鞭抽得风儿跳,几朵顽皮小浪花。

雪日读书和凯公五律一首

快雪添书趣,寻幽别有春。
爱莲夸至味,颂橘寄精神。
壁叠青山渡,灯开红豆村。
灵犀心久待,一点最迷人。

静安居漫笔

惟馨兰蕙气,且醉静安居。
眼老花来渐,楼低日上徐。
当窗眠磊落,摊梦泊清虚。
闲汇书成海,欢游我一鱼。

辛丑立冬初雪怀古

恍然回古代,蓦地换时空。
柳絮吟庭白,梅花踏岭红。
寒嘶千嶂阔,冷怯一诗穷。
纵辔高岑侧,轮台并啸风。

沪江香满楼陪饭呈欣淼老会长

古谊一何深，清声宁久吟。
弦歌听遍野，桃李看成林。
别样烟霞影，飘然云水心。
临歧惭酒力，百感满杯斟。

次韵奉和文彰会长五代会感言诗

鹏翼舒苍莽，扶摇薄九天。
临风排小我，逐日踵群贤。
烟云凭左右，绳墨自方圆。
待展乾坤手，偕开锦绣篇。

礼让歌

泉高流自下，光满月长圆。
君子弦歌继，平生礼让先。
淳风成气象，化雨润心田。
攘攘春芳外，谦谦绽玉莲。

崇山披素月，深谷隐幽兰。
络绎人情重，崔嵬世路难。
梨分一庭暖，雪立漫天寒。
六尺巷虽窄，偏于心上宽。

过卧龙岗

卧龙冈上一枰参，梁甫吟中岂睡酣？
此诺心坚留表二，那天琼碎看分三。
风摇泸水情何苦，雪阻祁山志所甘。
管乐曾谁田舍老？风云晴晦以身担！

步月漫笔

如此良辰堪醉卧，当头明月澹无边。
草杂正好花涂乱，诗懒何妨韵放宽。
洒满晴光分大夜，照穿逝水印中天。
吹来十里逍遥柳，一缕春风手上牵。

闻中方向日本捐赠核酸检测试剂盒

破浪回澜信有期，天清月白自无私。
行来梅树香千里，坐爱樱花美一枝。
举目云开端共待，倾心泉涌不须辞。
本缘四海为兄弟，况更同舟风雨时。

阴山下

敕勒歌中一放眸,飘然银翼入包头。
宽街铺去幽怀阔,直道驰来逸兴稠。
草染阴山留雪影,星摇昆水照风流。
更将晨曲翻新唱,唱向长河最上游。

注:昆水,指昆都仑河。晨曲,指《草原晨曲》。长河,指黄河。

步韵咏《夜重庆》

霓虹美在笔之先,星满山城灯满天。
舟入画屏堪笑纳,诗将仙境以言宣。
两江锦绣铺明月,一路琳琅胜往年。
如此良宵醉巴适,波光桥影对无眠。

注:巴适,重庆方言,舒服的意思。

依韵和赵公焱森吟丈《衡岳论廉》

利锁名缰横眼前,一声廉字一森然。
包祠凛慄孤忠寂,和府熙怡众笑妍。
跂足方塘莲净植,举头圆月镜高悬。
往来多少庙堂客,下负苍生上愧天!

题韫辉院士摄南极伊娃山

冰操凛凛隐伊人，寒极苍苍远俗尘。
起看风檐披雪影，卧听海屋转蟾轮。
多情一瞥殊难遇，孤耿千秋本至纯。
对此晶莹添逸气，迩来得句每清新。

卜居小唱

从此长安不异乡，立锥容我静安庄。
当年李杜愁书架，往事妻儿叹住房。
床稳铺平今夜梦，诗新涂上自家墙。
举杯也拟邀明月，弄影寒窗共猖狂。

十年地铁五环忙，百转愁肠一住房。
踏雪心情来腊月，看花风景在朝阳。
何曾纸上雄怀老，别有人间好梦长。
喜借寒枝栖小歇，蓟门此日是家乡。

乾陵无字碑

笑在冰霜雨雪中，昂然傲骨对苍穹。
山临极顶人何憾，情到豪时女亦雄。
敢搏龙庭迎恶浪，懒闻蚁穴起阴风。
挺身岂畏碑无字，眼底乾坤日月空。

白露诗

飘然节序蓦然更，暖渐萧疏寒暂轻。
天下露从今夜白，囊中诗比古人清。
岁流星月一帆远，秋染蒹葭两鬓惊。
倔立风前喷怒绿，大松镗鞳涌心声。

元旦抒怀酬张宇先生仍次原韵

诗笔常于微信迎，清声高韵贵输诚。
有缘天地春风满，无恙山河旭日明。
静好犹堪酬故旧，安康差可慰平生。
岂将俗律束豪士，终古道心归至情。

哈尔滨圣索菲亚大教堂感怀

东土葳蕤西土枝，古钟新振正逢时。
等闲风雨青山在，不语春秋沧海知。
天下无私为本色，人间有爱筑根基。
阳光未必分中外，一朵心花一缪斯。

庐山小唱

牯岭昂然欲奋蹄,风雷猎猎鼓云旗。
闲观雪径成花径,喜奉情诗替颂诗。
尘外峥嵘堪自傲,数中邂逅每多疑。
飞流直落光阴乱,坐对新枰弈古局。

刺　汪

双照楼头著戏衫,沐猴往事亦非凡。
泼天富贵缩肩接,填海功名曲项衔。
明日黄花更萧瑟,当年青史已庄严。
楚囚歌罢愧慷慨,燕市空留梦一函。

中秋一挥

心因久客懒倾樽,霜为思乡铺入门。
微起金风浮桂影,乍开碧落转银盆。
双眸独醒人间夜,孤抱同怀溪上村。
万古天青一轮白,光辉洒得满乾坤。

鹧鸪天·渔浦怀古

山亦谢公屐底幽，月曾太白盏中投。待呼子美步花美，相约陆游为导游。　　倾肝胆，蹚风流，峥嵘诗路唱从头。依然渔浦三江水，又送吾侪万里舟。

南歌子·春风里的我

日暖如佳句，花香似古人。欣欣草木共良辰，静看秃山新换、绿襦裙。　　牵手岩梅笑，迎眸岸柳新。小虫小雀唤亲亲。陌上翛然一个、老天真。

霜天晓角·昌黎黄金海岸观浪

柔似轻纱，那顽皮浪花。扯地牵天拍岸，轻一滚，笑声："哗……"　　风来说个佳，雨来还美些。万顷波涛齐唤："归去也，海天涯。"

踏莎行·西湖新咏

柳浪歌清，平湖梦软，三潭印月秋波转。是谁负手断桥边，斜肩一把相思伞。　　浅笑甜甜，深情款款，晴光潋滟熏风暖。荷花香里画船轻，烟堤送得云天远。

生查子·兰花草

幽幽独自香，淡淡兰花朵。筇杖却难寻，总被青山锁。惯居寒谷深，厌被红尘裹。喧嚷那些风，不改清清我。

阮郎归·海棠无香

百年西府沛甘霖，风清传素心。悠然佳气涤尘襟，一眸惹梦深。　惜丽影，慎高吟，怜花春睡沉。猜应心事在山林，懒招蜂蝶寻……

少年游·本意

寻春一路探梅花，著雪韵偏佳。素襟皎洁，冰姿绰约，长惯冷生涯。　飘然云迹任来去，风月本无邪。散则随风，淡宜乘月，散淡一横斜。

沁园春·顺唐巷4号

绕膝温馨，棠棣同枝，苒苒岁华。任鲸波起落，并肩观浪；壶天晴雨，执手烹茶。清白襟怀，光阴静好，笑脸团团绽似花。真风景，围桌边灯下，共话桑麻。　东风绿染天涯。正一路弦歌闾里夸。有楼头月朗，依依弄影；堂前萱茂，恋恋抽芽。扫去乌云，拨开灰雾，万丈长虹送彩霞。此间乐，看缤纷岁月，烟火人家。

生查子·樱花谣

垂枝淘气樱,抱梦甜甜睡。扑闪小花红,挂粒晶莹泪。
偏无点点愁,惟有千千媚。滴露润红花,露缀玲珑穗。

不想吟多情,怕染诗风腻。对此动情花,难避多情字。
花有情相催,人有情难已。心在俏花枝,情似洪波起。

独占洋湾春,总与凡花异。花自解人情,情有花堪寄。
好是逢春时,花讯传千里。恰是看花天,长愿人如此。

水调歌头·为邢台大贤村洪灾遇难孩童而哭

一水凶如虎,一怒滚狂涛。一惊寒梦,一崩堤岸裂危巢。一串银铃笑语,一页金黄童话,一霎付滔滔。一掬伤心泪,一泛恶潮高。　　雨叹息,风呜咽,世悲号。穹苍在上,忍看任性折新苗。开出几枝花朵,举着春光奔走,叠影眼前飘。谁把倚天剑,横扫瘴云消?

八声甘州·海棠雅集小唱

看满园春色送诗来,霞彩涌新阳。借春风点翠,春潮散锦,春蝶寻香。占得玲珑妙韵,都为海棠忙。依旧红颜好,一树琳琅。　　多少烟云水月,笑百年转瞬,西府沧桑。只嫣然国艳,开到好时光。算人间、依依聚散,伴仙葩、摇曳在心房。回眸数,当时霜雪,只是寻常。

鹧鸪天·给诗

壮韵清声远近传,好诗香自百诗先。分明气象连沧海,端的风流各洞天。　　千凛冽,一飘然,今朝逸兴更无前。行吟岱顶期同步,坐钓星河试并肩。

水调歌头·小漫话

抡管逞才调,争艳石榴裙。营营三径尘客,夸诩创于新。一派橙黄清炒,一片桃红乱簇,一角榻横陈。一举高枝上,一笑下其身。　　乱其格,低其致,惑其魂。纷纭斑驳其手,傻傻辨难分。寄语当头圆月,多少名流过眼,照取透明人。却看淘沙浪,留舍是真纯。

卜算子·那爱

总是在奔波,总是求温饱。总是风霜雨雪多,总是真情少。　　那梦美如花,那爱青如草。那朵卿云渡彩虹,那点阳光好。

忆秦娥·辛丑海棠雅集尽欢而别赋词以记并遥致凯公

春潮烈,海棠枝上浮明月。浮明月,醉摇疏影,壮吟清咽。　　花间风韵磁间铁,诗花俊赏思超越。思超越,苏辛肝胆,岛郊心血。

鹧鸪天·一串红

一串红，为唇形科草本花卉。花期长，且不易凋谢。拙荆极爱此花，每年栽种。

默默窗前绽笑容，几番风雨色尤浓。串来唇畔温柔火，挂向心头灿烂虹。　香淡淡，瓣重重。绛珠前世忆曾逢。寻诗惯看群芳谱，未见鲜妍与此同。

鹧鸪天·静安庄大雪依韵和鲍坚兄

佳句欣随喜雪来，心花争趁好风开。小民静乐独无事，今日豪吟俱有才。　寻直道，骋高怀，飘然仙步到瑶台。香流寒蕊春难冻，一点丹忱未敢埋。

【中吕·山坡羊】清洁赞（二首）

开言华贵，贪心芜秽，穿堤蚁窟成狂溃。沫横飞，泻难追，浮名漫道香如蕙，渣事终究邪似鬼。哼，名尽毁。哼，人不悔？

春梅如沸，秋枫如愧，甂甌历历饶风味。燕南飞，燕北飞，劳空几许辛酸泪，细数华年流作水。清，身自伟。洁，心自美。

双井茶小歌

双井白芽馨，贡茶出分宁。兔毫纤其韵，凤爪美其形。光润流金灿，色鲜泛玉莹。新芽沁心脾，古淳养性灵。修河滋沃壤，澄辉透窅冥。春露薄兰芷，云腴赛醁醽。升沉经百啜，迢递越千龄。敢占玉川谱，久甘竟陵经，盈怀涪翁忆，照眼醉翁铭。佳茗如佳句，一韵传百听。摒俗唯清气，味此独为醒。

随州古编钟辞

元自拟深藏，甘居泥窟穴。已惯地底眠，能抛凡俗亵。暗黑入清寒，不见流年谲。洛铲探勘来，一瞬冥幽泄。覼考发昔时，出土随人悦。凯奏漫天飞，讯传随州热。博物挂明堂，丹青辟新页。铜铅各相形，冶与白锡结。俱本青铜身，同历洪炉铁。彼此世尘逢，忽焉尊卑别。钮甬排高低，阶层分序列。礼典宣经纶，左右立人设。条棒撞参差，丁桱敲痛彻。苦响振郁沉，古音呈奇绝。人以空灵珍，掌奏且复切。事不堪回眸，擂捣何其烈。一吼溯一呻，一默接一啜。捧心寄游魂，弹指吞声咽。入耳矜难群，涤胸荡不屑。忧愤转疏狂，厚朴秉老拙。孤耿性难移，百折情未折。万点星纵流，一轮月横裂。高泠沉余哀，风起吹明澈……

注：洛铲，指洛阳铲，一种考古用的器具。

范诗银

曹娥江

一笛秋江水,悠哉十里风。
东山依旧绿,几点石榴红。

乡　约

赊得晨香十日留,为君薰水待归舟。
痴心尺子张天宇,夜夜窗前量月钩。

渔阳诗柳

雨花云影碧丝绦,清叶明枝秋水摇。
记得先生新赋句,梦中刻在第三桥。

三宿岩

可记书生来救国,欺崖野草与藤萝。
梦边掬得汴京泪,洒做江宁十里波。

唐赛儿

旋鞍霜剑裂苍穹,烹火崩云千丈风。
春水难涮青血袖,胭脂泣我一襟红。

金山寺

佛门一叩是江南,无憾参禅到半山。
留取妙高台上月,年年照我踏歌还。

双　溪

约得南溪与北溪,瓯江一线碧云低。
连宵春水奔星卷,相送黄花十里梯。

苍　溪

翠雨殷勤洗战襟,角声隐约碧云深。
多情最是红军渡,依旧江花梦里心。

过采桑湖怀周逸群烈士

一棹洞庭千里风,分番藕影碧无穷。
梦边识得英雄血,染过当年万朵红。

霜露蒲藕

镜水无波媚眼横，芦花蒲雪逐云轻。
半湖半醉垂垂藕，听罢风声听雨声。

莲　叶

云磨天水水生烟，乱泼星花最可怜。
翠鬟难为晴晓改，碧罗盘里一珠圆。

周　剑

长阵相衔冷月高，流光如水乱萤飘。
姬家铜绿千秋血，梦里几回悬在腰。

吊李白墓

采石云边风露凉，天门山水是他乡。
大江有幸听猿泪，神骏无为走夜郎。
千尺飞流愁不尽，五花宝剑梦偏长。
江南读得诗魂冷，四十七年今断肠。

跨过鸭绿江

1950年10月19日，中国人民志愿军跨过鸭绿江……1953年7月27日，《朝鲜停战协定》在三八线签字……中华儿女将永远铭记：中华民族悲壮地挺直了脊梁的这一段历史！

潋滟江花翻碧阔，梦回风卷当年月。
清眸颦靥峻寒生，义旅旌锋残翠没。
劫火烟熏与子袍，疏星影叠操秦钺。
心怀家国两肩挑，襟浣乡流辞故阙。

弹洞欲圆风劲削，睒睒默对倾江雪。
痕尘可记鸷雕寒，霰泪犹洇胸胆热。
浩气穹边雨断虹，冷辉壤侧腰悬铁。
奋身一战百年安，万古云旗飘烈烈。

炮雨排空焦霓裂，腥风捯耳呼声咽。
盘装束甲隐辚辚，戴月披星行切切。
壮士戈凝连夜霜，英雄目眦倾腔血。
最怜肝胆付他乡，遥祭离魂摩玉碣。

一步跨前悲锁钥，飞流无复连天落。
明楼旧月照依然，野草闲云生曷若。
水短水长凝碧烟，岸来岸去开红药。
倩谁高唱那时声，直向九重霄汉薄。

大　井

白雾飘过五指峰，黄洋界上雨蒙蒙。
笃情双树生新翠，真理连章应未穷。
冷铁向天犹自语，碧枝盘岭默如弓。
初心滴得千行泪，又是鲜红印紫红。

写给母亲

苍实何为鬓上簪，秋黄袖老雪花襟。
人寰不与亲情住，云海偏分忆念深。
有梦那时牵手泪，流年依旧湿衣衾。
相思两字最无用，难寄来生一寸心。

庚子春兴九章

数伊历历许多年，庚子何时恨亦怜。
四十七章鞿鞻史，两三千幅艳阳天。
雀晨萤晚还如此，圆缺晴阴依若前。
一脉昆仑星泼水，江花印在白云边。

飘落疏梅香满楼，笛声鸥梦两悠悠。
随风卷却双襟泪，到海消弭万里愁。
吴剑欣然开雪刃，楚腰未可解金钩。
九衢露滴离离草，鹦鹉斜飞起绿洲。

街灯十里照长安，除夕谁堪此夜寒。
闭户闭城还闭国，剜心剜肺又剜肝。
舍男抛女挽征臂，分药移床向素盘。
一扫狂瘟垂史册，千年青字待重看。

征衣酸眼向琼枚，欢语盈窗映夕晖。
红绿灯前挥热手，短长巷口启严扉。
平安念念惊寥落，牵想遥遥生翠微。
为克时艰相与赴，服膺来日去如归。

常呼国士奉高贤，当惜越兰侬鬓鬟。
搏鹞编鹏筹北海，戛金振玉响南山。
折来柳叶弹清雨，煮沸悬壶开笑颜。
勠力倾心同一奋，前程豁目九重关。

唤晴鹤影掠长霄，望断高城千里遥。
难得当圆来世梦，奈何不过此生桥。
拭眸秋水亲情许，掸袖雷山神火烧。
一捧别时儿女泪，洒回大地涨新潮。

汉家云梦共谁眠，六骏松飙响玉鞭。
贞观陵黄凭远望，曲江荷绿竞初圆。
伤心纸甲鸭头水，堕泪虎门天外烟。
潋滟晴光流霓薄，且描剩语作诗笺。

波征蓝泽一帆红，戍笛天涯裂碧穹。
雁渚振翎栖鹭岛，辽宁招手走山东。
四边粒粒神农土，九陌声声轩帝骢。
连岭出岚雕翡翠，梯田堆浪叠苓茏。

吴花美酒蜀山樽，溪畔画楼塬上村。
故事连连连晓日，朱眉点点点春痕。
绿阴如盖参天树，错节为盘抱地根。
筑梦而今歌壮士，初心一寸是英魂。

鹧鸪天·四十年后又到乌兰察布阵雨高虹有记

依旧山花依样风，依稀水晕少年同。鸥声潋滟晴光里，屏影青蓝薄雾中。　　云淡淡，雨浓浓，黄旗海上半弯虹。心痕七彩无边梦，应许诗行到碧空。

鹧鸪天·中秋寄月

落日收尘秋幕新，青穹流碧约金樽。思生万里心分梦，情隔天涯月一轮。　　霜袖泪，桂花魂，清圆莫负念中人。诚知他夜终成缺，最好长遮半片云。

西江月·逐弱水而行

滴滴雪莲垂露,泠泠霜月生潮。一瓢泼向九天遥,只道夜阑星小。　　试问三千寒水,哪湾曾洗征袍。无情剑胆有情箫,谁负柳花秋老。

西江月·居延怀古

戍影五千流去,诗行一驾萦回。雪花香短荻花飞,零落湾长星碎。　　那刻与君别过,无时不问清辉。西江曙色黑山杯,滴尽人间滋味。

卜算子·边关题梅

梅影日边红,波转城头月。关底东风一弄笛,吹乱千山雪。　　五彩逐流年,妩媚生明灭。谁道春光是落花,霜皱腰间铁。

蝶恋花·春杏

一树妖娆花落早。未待东风,吹绿连天草。报得春光无限好,可怜却比春先老。　　拾取残红涂画棹。做伴霜刀,守望边关晓。万里寒云匀未了,杏花迷乱梨花少。

蝶恋花·柳泉

冽冽春泉春柳老。照影簪花，可是狐仙爪？折笛吹翻红绣袄，他乡犹被奇香搅。　　盈卷真情相媚好。寻遍人间，咄咄添烦恼。可惜枯肠无俊巧，一瓢难煮汤头了。

一剪梅·咏荷

细雨殷勤洒绿钱，落个蜻蜓，鸣过关关。萼丝舒抱上罗衫，醉舞流香，羞怯红颜。　　晓月可怜珠玉圆，印就星痕，倚得眉边。翠蓬别梦向谁谈，一粒秋心，一片春莲。

一丛花·丁酉重阳有题

西山红叶似心圆，欣可作心笺。心笺莫写相思字，纵写来、也是秋寒。霜花开过，雪花开过，留不得明年。　　明年若把那笺看，依旧九分丹。可怜有字无从识，再细描、泪也潸然。初服难裁，初心如火，忆不得青颜。

新荷叶·荆州南门并序

关羽单刀赴会出此门。门内州衙旧址现为关庙。

绿铁青锋，寒光还照荆州。水拍城高，波花寂寞东流。南帆北桨，为君了、多少恩仇。飘髯盈把，天风吹雨蚕眸。

北国桃红，壮心已许封侯。征骑巴川，唯能相望尘头。连营千里，无处觅、丈八蛇矛。英雄已矣，情真难勒层楼。

减兰·小别京华

一城灯火，珠串贝雕留予我。一巷霜花，槐下松边有我家。　　一声别却，春过南瀛梅子落。一揖晴安，说与新年与旧年。

减兰·元旦寄春

海花掬过，捧得月痕圆几个。山雨沈吟，缕缕丝丝忆念深。　　时光剪断，春可同君常做伴。鸥鸟殷勤，托给长天那片云。

浣溪沙·雪望

四合轻阴天幕皱，寒刀忽叠数层新，征衣无复旧时痕。瀚海晴空云嵌月，边关旷野日分尘，红旗一点岭头人。

浣溪沙·玉溪聂耳广场

媚眼秋波柿子红，当年谁个种春风。几行客雁说朦胧。一曲国歌听聂耳，无边秀色读从容。新丝妙手奏青桐。

浣溪沙·临高角

地角天风崩雪寒，龟纹龙藓画流年，当时征战有遗舷。醉酒焚心魂欲断，寻名抚壁泪重煎，此情无可寄长幡。

水调歌头·梦出雁门

旧甲簪新朵，信马过荒关。忽惊衔草摇影，沉角起长川。一战金鸣十载，失道血喷三尺，都付野云寒。石绿缝鼙鼓，铁紫断腰环。　　风非昨，山依旧，日如丸。登高把酒，余火吹冷只苍天。多少功名堪勒，几寸丹心可鉴，无负月亏圆。雁叫疏星里，不语是流年。

金缕曲·遵义

相对从何说。案依然、椅痕沉冷，窗花明灭。湘赣秋晴皆无影，惟有倦容如铁。是谁个、铮言激烈。依旧韶烟生辣手，漫道来、已把群心夺。倾北斗，一天阔。　　娄山关上残阳血。雁无踪、长风千里，翠峰千叠。望尽红旗翻云绿，更有歌声不绝。几回梦、此情难歇。憾未随镫燕然勒，剩壁尘，来写盈腔热。弹碎雨，向霜月。

春从天上来·丙申冬月第二届帅园论坛西山赋月

冷石寒崖,逗几片凉云,斜绾松钗。谁约风起,吹铎霜阶。次第那景重来。醉驼铃摇碎,冻阳外、有雪皑皑。薄曦边、恰长帆正举,短霓新裁。　　闲思海南国北,叹苦胆悬晴,锈剑衔哀。梦寄诗唐,情依箫汉,可揖夏鼎安哉。剩丹心孤照,凝望里、一镜天开。向高台、倚半轮冰玉,题就痴怀。

汉宫春·过伶仃洋

酸眼羞风,过唐波汉渚,越时红日。明帆宋舵,断桨锈锚摇碧。伶仃旧句,是梦中、枕边堆泣。三百载,三番叠泪,休说了无痕迹。　　谁携念丝情笛。喷楼高月小,黄芦紫橘。丹心几睹,幸有汗青曾识。千年绝唱,漫谱来、金徽重辟。抛冷帕,云花湿手,掬我梦边潮汐。

贺新郎·端午怀屈原并序

公元前278年,秦将白起破楚都郢。屈原投汨罗江,时年62岁。我今年亦此岁矣。

我亦如君老。若蒿莱、馥兮兰蕊,香兮蒲秒。遥语殷殷留长幅,还有几多残稿。几回梦、难醒难了。博带峨冠天问遍,剩九歌、寸寸离魂草。心血读,肝肠搅。　　湘波载月湘山晓。照影来、旋花潋滟,翻鸣窈窕。浮浊回风寒烟白,可识青襟曾扫。又可识、春秋怀抱。且把清吟喷玉笛,寄流年、相约听云表。千滴泪,一声啸。

摸鱼儿·瓢泉怀稼轩并序

南宋绍兴十年,金天眷三年,1140年5月28日,稼轩生。2016年5月24日,铅山,大雨。驱车至期思渡,饮瓢泉。

惜天流、此瓢君与,伊瓢还我如渴。无情风色多情水,依约当年澄洌。倾莫歇,还更有、毋多清泪毋多血。拳拳心竭,若湿羽流弦,归舟完釜,犹剩三分热。　　谁曾道,谁个男儿英勃,数他历下青杰。踏翻中帐凌神骥,直上吴山瑶阙。飞将燕,却相许、南丰剖桔并州铁。翠巾红帕,揾愁献金陵,恨遗北顾,羞对半轮月。

醉停云、玉桃沙杏,遥遥竹径相接。一丘一壑生梅菊,春露秋星明灭。蜂与蝶,飞不过、海棠梧子芭蕉叶。美芹十帖,尽付与东家,闲来种树,斗酒对松说。　　应怜我,妩媚青山千叠,曷来白雨如泼。纵然堪读平戎策,也负雁声辽阔。空响彻,关楼底、少年画角惊锋钺。乱山飘雪,濡九尺情笺,今宵吟就,梦里两三阕。

渡期思、此心难渡,枉为被甲征客。念来相似惟肝胆,还有壮言奇策。金缕勒,修臂挽、焉支尝已天狼射。晨琶宵笛。惹壁哭吴钩,影弹秦镜,穿裂卷旒帛。　　池儿浅,欣倚昆仑一脉,小桥惬意相得。前溪十万松花落,沉却丹魂贞魄。烟渚陌,终难到、长安别梦千山隔。流星斜滴,最辜负先生,孤睛向晚,空湿了家国。

紫玉箫·采石矶怀李白

飞阁流云，闲枝辞叶，绮音清管难凭。穿花缀锦，正舸分重浪，犁破新晴。远浦飘雪，闻不得、荻子初鸣。休归去，依稀石痕，更有危亭。　　思来半卷残句，偕冷夜吟蛩，病树雏莺。奇情浸脘，是江村、无了苦岁穷程。薄霜晨晓，争待得、太白孤星。携多少，醒草绚葩，绿语秋声。

抛胆龙沙，湔缨咸海，细吟相伴驼铃。狼毫饱蘸，若上阳台上，摩写丹青。雪雨关堞，熏望眼、半领山英。离离草，留痕枕边，一字刀横。　　长安玉水难浣，谁照影栏杆，倚湿香屏。梁园句老，小风寒、辜负十里华灯。秣陵巴楚，安可问、漫卷霜旌。心重读、空引壮怀，说与君听。

天外江来，舷头风走，峻岩啼鸟多情。殷勤碎语，道渚南滩北，当夜曾惊。墨宇云裂，飙潋滟、乱水争明。鲲鹏坠，扶桑断衿，击浪如烹。　　先生笑矣喷涕，羞抱月凌霄，烁古遗名。金樽不予，憾兮哉、胡那解得伶仃。掬霞呈醉，挐彩霓、展袖骑鲸。怜徒有、三阕素辞，梦寄长庚。

八声甘州·三一诗院题《中华军旅诗词》十六卷草稿

唤东风为我扫边秋，大月照心明。惬霰辉飞远，丝云飘白，团柳摇晴。最是娉婷玉箭，无语向空澄。如此良宵夜，有梦同行。　　刹那吹沙腾火，卷镶蓝烟晕，匝地雷霆。若倚鞍未稳，蓦已电花萦。抱琵琶、反弹破阵，袖长舒，倏尔桂花惊。归来晚、记婀娜影，数遍群星。

望海潮·长缨在手并序

目抚辽宁舰，长缨在手豪气干云，百年耻辱当始此而求雪。

沧旋重碧，风回崩雪，流光摇乱空瀛。云拍月舷，辉分玉翼，襟边掸落鸥鸣。放眼问长庚。自汀州路上，岷雁秋声。算百年来，神州几度寄长缨。　　晨星顾盼华庭。向青荧亮宇，镜水蓝泓。飞燕箭穿，吹虹笛远，起锚恰是新晴。南海又东溟。缚刨花苍狗，弄景苍舲。谱得弦歌高奏，喷泪洗心旌。

水调歌头·七月七日全面抗战八十年之夜北京雷雨大作有记

壮士几多恨，忽作炸雷鸣。几多悲泪，何为天水一瓢倾。是否离情未着，是否断肠依旧，是否梦难成。拂净汗青字，再读复心惊。　　碎山河，分骨肉，血刀横。男儿荷耙肩斧，直向寇边行。踏雪太行山上，仗楫洞庭水畔，一笑杜鹃听。最苦当时语，无死亦无生。

玉漏迟·黄梅并序

答合肥刘君赠黄梅诗。时雪。

懒风吹乱雪,苍穹幽绪,诗人眉眼。想那新花,当属孤山梅典。醉过依栏红粉,偏却是、碎金千片。香正软,湿云泪朵,冰樽霜盏。　　可酌旧事闲情,道拂案摧茅,裂襟悬箭。落日衔山,余火如丝难挽。月下休来牵袖,未梳理、春心深浅。千里远,相思怎生删剪。

望云间·丙申葭月同散曲诸子登原平天芽山有怀

难剪霜芽,难采雪莲,难听鼙鼓征轮。纵寒蟾有约,闲唱羞闻。飞石何来手段,天风懒说归痕。叹孤然青冢,寂寞缨残,谁解情真。　　何时地火,倏尔峰雄,横它冷眼飘尘。遗恨千年铜绿,终是离人。徒剩寸心如昨,空怜旧梦成新。绚春可待,醉怀无寄,一片冬云。

风敲竹·清明祭

又掬相思泪。又潸然、那坡青草,流年无死。虹霓栏边星星火,焚尽麻笺情字。剩一朵、露花清涕。悲绝莫如亲不待,白花簪、坠也苍苍髻。盈袖雨,轻风洗。　　晓昏念念胡为尔。枕席凉、暑寒冬暖,阴晴非衣。歧路飞车长帆举,桂桨雕鞍何恃。凭谁问、醉来杯底。最惜云重双不见,恐见时、乱苦无从理。纵梦约,心难寄。

满江红·钓鱼城怀古

乱石天来,周天旋、天光明灭。惜长鞭、刹时崩坠,无为风裂。葱岭飘霜回万骑,嘉陵飞桨归双钺。翠原红、红彩舞流萤,谁家铁。　　城方筑,缨已结。心胆许,肝肠热。抚残旌败垒,泪奔豪杰。望里中原堪可钓,掌边巴蜀还空阔。叹临安、犹倚大江东,歌宫阙。

识得英雄,徒识得、断碑剩碣。更依稀、黄昏枯草,败花孤蝶。弹剑吁天流冷雨,抒怀振甲惊寒月。战未休、何已劲弓摧,摧余爇。　　呼军奋,飙旗烈。舟楫弃,山城别。哭丝弦腥透,一腔鹃血。留得英名盘堞绿,依它干将凝芳洁。酒莫温、甘冽共余温,浇奇绝。

紫壁翻云,云端上、欣摩高节。树摇声、声声贯耳,夕罄晨玦。不负江花随水去,又兼山影将心夺。逗狼毫、书我旧年思,同君说。　　长庚句,边卒列。龙沙简,征襟雪。记长刀新滴,几回弹彻。情系横斜三羽箭,梦深堆砌燕然屑。把来看、一束字模糊,青青叶。

沁园春·庚子初一

崩雪昆仑,排浪沧瀛,春水晴川。却烟波黄鹤,翻飞云冷;梅花青笛,吹落声寒。疠疫惊魂,江城不夜,十亿神州人未眠。过除夕,寄念思千里,电视屏前。　　全民共克时艰,逆行者、壮呼解倒悬。唤鲲鹏飙举,白衣天使;八方挽臂,国士南山。爱谱韶华,情生胆魄,相惜初心一寸安。应记取,这依然庚子,别样新年。

满江红·致敬驰援武汉的解放军医疗队员们

抟翼鲲鹏,扶摇起、江天空阔。三城急、莫名疫瘴,百忧交切。衔命孤丝应可解,此生若死谁来夺。镇惶恐、天使已飞临,衣如雪。　　霜梢冷,肩头热。披肝胆,倾腔血。抖湿袍滴汗,星与云说。小术轻拈悲转笑,一声悄问情堪结。晓露寒、长帜舞春风,宽心月。

声声慢·雪后上元寄与病魔抗争的武汉诗友

飘来款款,去去无声,眸前遗我深情。冷意丝丝如润,默默真情。清凉难消燥热,是寒轻、更是心情。琼楼玉树,晚安晨静,最是多情。　　相辞相迎时节,江城望、难言几度伤情。瞬刻倒悬萧索,横泼悲情。传呼八方挽臂,送无边、漫漫春情。明天晴好,约新辞,赋故情。

一萼红·又寄与病魔抗争的武汉诗友

月明中,为梅花吹过,赊一朵新红。坡杏开来,山樱作伴,相挽几缕轻风。正摇曳、寒黄暖绿,是柳影、云水碧湖东。曙色江城,朝晖蓟下,遥望征篷。　　虽已沧桑经惯,却魂牵梦窄,难展心胸。念久思深,天偏地远,寂寞敲碎时空。可还是、诗春似火,若年前、俊句里音容。那约君应记得,醉予春浓。

芳草·敬礼永远的白衣战士

削青丝,嘤咛青鸟,归来再绾青云。挂牵标素服,是男儿念惜,诉情真。两心曾约好,待童儿,捧起纱裙。花一束、回看泪眼,吻在三春。　　离痕。寒风吹倩影,飘然去、又是清晨。战袍衣壮士,正流霞送晚,飙举征轮。何时逢一面,剩相思、只有香尘。这以后、江城记得,那个佳人。

望云间·2月21日读"疫情地图"

灰线斜垂,穿径仄行,循循低坠尘头。叹弯升紫线,仍旧惊眸。黄线来邀故友,何时共桨同舟。愿原非痴愿,黑线归零,今夜行不。　　春牵雨细,雪绾苗青,市声渐起高楼。荆楚新晴初好,云卷星流。真是若丝如念,啼珠可满金瓯。串兮与串,结兮当结,解我心忧。

注:紫线为确诊数,灰线为疑似数,黄线为治愈数,黑线为病亡数。

念奴娇·致敬人民警察

余晖落照，送一街流影，虎奔龙走。烧透千钧心底铁，有泪难弹春袖。好个门神，当来应去，无一丝迁就。情怀家国，任它风雪嘶吼。　　夜半接着清晨，殷殷望里，千万家窗口。最可惜轰然倒下，为了那分坚守。抗疫江城，柔肠百转，梦里能知否。绿红灯下，行人还在招手。

白雪·2月28日读钟南山笑容

欣然一笑，庚子笑、真真刻在心间。生死枕边，居家梦里，黄童白鬓青鬟。叩梅关，可相忆、泪下潸潸。问三镇、命悬如线，怎过旧新年。　　曾以柳叶抚晨，汤头煮晓，克时艰。国士一腔肝胆，签了万家安。且予我、净云消雾，霁月大如盘。照东风满，樽花捧到君前。

国香·致敬抗疫志愿服务者

月雪星霜，照江城疫虐，闭户惊惶。飞车抢来生命，好个儿郎。送罢油盐柴米，卷风去、舞过霓裳。相拦量温度，院里楼边，报得安康。　　死生同此际，为时艰共克，肝胆心肠。地南天北，爱这如爱家乡。自信人生灾难，也不过、寒暑炎凉。明朝又还是，扑面熏风，一抱春阳。

林　峰

龙游绿葱湖

山深横古寺，林密出青岚。
见此佳山水，如逢故友三。

南通狼山国家森林公园

风光恰似五陵溪，满眼流芳染碧霓。
行到金鳌摘斗处，狼山百丈海门低。

夜游濠河

光摇七彩压河湾，水漾琉璃月一环。
岸转楼台千树火，小舟明灭景斓斑。

江宁钱家渡

垂杨渡口草初黄，犹见寒芦照浅霜。
一叶乌篷桥下过，秋随飞鸟入斜阳。

三过渔浦

波光摇处浅深红,细雨飘来浦色中。
一点秋声留不住,随风洒入水西东。

衢州烂柯山之青霞洞

烟浮竹径鸟声开,梦里秋桐飞满台。
欲借长空呼白鹤,青霞又过此山来。

衢州烂柯山之一线天

耳畔天音杂梵音,峰巅云树拂人襟。
谁留一线神仙眼,来看红尘万古心。

南京浦口行吟之水墨大埝

蒙眬天色涌青岚,水上烟浮村两三。
爱此风光如故友,画中流出小江南。

月牙泉

翠涌层楼出晚霞,波光摇碧入银沙。
只因月色清如水,故有仙泉唤月牙。

读徐培晨先生之"丹青猿猴"（选二）

　　培晨先生以猴入画，以猴入事；复以猴喻人，以猴名世。赏其画作则性味盎然，情趣无边；品其画理，如春风沂水，润物无声。驻足良久，早已感慨万端，遂不揣浅陋，聊赋四绝以志心境也。

捞月图

伊谁倒挂绿波前，冰镜光从水底圆。
俗眼不知回首望，依然月灿九重天。

听涛图

溪谷回环出翠阴，云中瀑落似闻琴。
更随老叟崖边坐，一任泉声滴在心。

府谷行吟之千佛洞

欲随白鹤上高台，洞里春秋次第开。
我佛原知风雅事，禅光一缕度人来。

春　雨

雨送黄昏落蕊香，云襟风动觉微凉。
心头淅沥声难尽，谁与清宵共短长。

夜赏樱花

万树梢头翡翠光,与君裁作紫霞裳。
今宵愿自花前过,不负缤纷一段香。

正蓝旗金莲川草原

恍如身在白云边,梦里敖包没远烟。
舞罢金莲人不见,晚风倾倒夕阳前。

旷原纵马踏琼英,来借东风入上京。
最喜峰头青翠色,也随芳草送人行。

敬次马凯先生翘首好诗韵并和

玉珮连空响,来歌大雅声。
百年兴废事,千叠古今情。
梦里青春老,毫端玉露萦。
何当凌快阁,相与凤凰鸣。

河津真武庙

龙护九峰还，长松掩紫关。
鹤来花影淡，麟卧月眉弯。
物我三清外，阴阳一纸间。
修行能到此，随处是青山。

大梁山

雄关镇远衢，古道贯川渝。
岭带双州势，山融五岳图。
天街闻鹤语，星月待人呼。
何处盘歌起，衔杯问寄奴。

通川谭家沟

车自盘旋久，路从窗外斜。
村虚余壁彩，楼静落檐花。
有梦催诗笔，无缘问酒家。
牧童犹不见，随处听山蛙。

北京冬残奥会礼赞

伤残岂是等闲身，来看幽燕雪郁纷。
风起高山明彩练，气蒸旷野壮流云。
征轮飞动龙蛇影，银板划出虎豹痕。
夺锦灯红城不夜，再扶好梦报青春。

改革开放赞

南天鹏翼起新程，来听春雷裂地声。
感岁忽惊时事改，擎天应赖碧虹横。
风开云表光华灿，月下楼头海宇清。
再借芙蓉催晓色，绿荫十万作歌行。

喀喇昆仑英雄赞

苍茫飞雪接昆仑，山骨如龙势欲奔。
杀气萧森来虎帐，英风浩荡下天门。
盾辉新月春初近，刀斩青狼酒尚温。
出塞声声犹在耳，神州鼓角自雄浑。

玉海藏书楼并寄瑞安诸友

天放浓香拥翠楼，琴西往事尽风流。
玉涵瑞彩百年梦，海涨洪波一色秋。
不语缥缃怀抱在，多情桃李岁华悠。
心头无数佳山水，独有书光照我眸。

国图紫竹院讲座分韵得"胧"字

楼头待月景朦胧，休问蟾宫路几重。
澄碧双渠金缕细，福荫紫竹桂华浓。
高谈欲唤文津鹤，雅唱如敲古寺钟。
撷取秋光清一片，今宵醉醒俱从容。

福建莆田九鲤湖

遥听奔雷下碧湖，迷蒙丝雨有还无。
九仙丹化千年玉，双凤翎翻五彩珠。
日落石门惊落叶，钟敲山霭起浮图。
心期已到蓬莱上，洞口青云自可呼。

河津龙门

绝壁横开万古雄，天梯千尺渐朦胧。
浪回秦晋思渔父，烟过陕甘迷断鸿。
玉女莲开桑峪北，桃花风起大河东。
舟头又听奔雷响，欲上昆仑接太空。

接林凡公墨宝赋此遥谢

谁纵高鸿带墨香，晴窗春日尽辉光。
云来纸上襟怀旷，潮涌毫端气韵长。
三绝名高惊上国，千金身重动华堂。
几时得借长风起，好向天涯问去航。

天宁禅寺

衢州天宁禅寺，浙西千年古刹也。宝相庄严，香火鼎盛。历代高僧辈出，佛光璀璨。昔日吾曾屡敬檀香，听经礼佛。倏忽间十余年哉。今虽身在京华而心系三衢也。平日里时时想起，感慨良多。遂草拟一律，以志挂怀也。

十年未叩古禅关，夜夜三衢枕边环。
寺可卧云多法雨，楼能邀月入柯山。
问经时见松崖绿，礼乐每惊菊蕊斑。
佛慧已明三界路，初心一点未曾删。

贺兰山

云端嶂列百千重,天马奔来海岳空。
剑气蒸腾明灭外,麾光隐约有无中。
思随秦塞惊荒雁,梦起银川贯碧虹。
莫道九边秋渐老,长松十万啸西风。

雨中重访国清寺

西风吹动一声钟,雨洒天台翠几重。
云气凝成金舍利,烟光吐出玉芙蓉。
不知石上梅花早,惟觉窗前贝叶浓。
来岁五峰三月里,焚香再觅旧行踪。

悼袁隆平先生

夜半哀歌不忍听,湖山千里哭英灵。
昏黄云散田塍影,憔悴鬓梳天地铭。
沃壤已添粮百亿,落花空对梦伶仃。
西楼鹤去无多憾,心有苍松老更青。

题传富先生龙山图

何处云深万壑松，峰高百丈有潜龙。
横空嶂叠岚光浅，照影溪回野色浓。
远近禅钟缥缈事，微茫白鹤有无踪。
山花见我如相识，邀入琼台又一重。

雨中谒鱼山曹植墓并呈建华守森先生

九天风雨下东阿，万古青山气未磨。
大梦迷离惊纸贵，孤坟寂寞恨才多。
林深似见龙蛇起，溪涨如闻虎豹歌。
谁共黄花参梵呗，不知秋色又婆娑。

《中华诗词》杂志社乔迁新址

寺口风回柳线柔，几曾无语别新洲。
十分草色浓还淡，数点莺声去复留。
欲借天香呼好句，先催红雨入银瓯。
九门诗景真佳绝，月在城东第一楼。

薛仁贵故里

晚烟一抹上寒窑，恍见清风振白袍。
箭射天山堪伏虎，波翻辽海可擒鳌。
千年星散旌旗远，万壑云来山岳高。
知有平戎长策在，铙歌醉里啸金刀。

沈鹏公米寿依梁东老韵

介居宝砚浸琼华，星斗横窗玉管斜。
胸次烟云凌海岳，掌中风雨化龙蛇。
醉邀春柳翻新曲，坐送清词入晚茶。
梦里苍鹏思振翼，要催白浪走天涯。

安徽沱湖

连天白水涨平芜，楼外冰轮漾绿珠。
鸥鹭飞时秋色渺，帆樯过处客心孤。
凭轩犹见鱼龙势，隔岸初开海岳图。
我亦匆匆人世客，且将醉眼认江湖。

威海"华夏城·太平禅寺"

爽气东来月正明，无边翠涌海波行。
高低佛阁如云密，远近禅钟似梦轻。
眉带林泉生宝树，笔涵风雅灿琼英。
阶前除却尘千点，可放初心鉴太平。

梅州叶帅故居

雁上高天枫正红，来凭秋色拜英雄。
尘沙难掩龙形势，岁月长留虎旆风。
事往几时声磊落，幽居空处句峥嵘。
沧桑阅尽丰碑在，五指峰如碧玉葱。

常山江（宋诗之河）

满眼诗光映水光，岸风吹雨过垂杨。
人来古渡花争放，梦醒高台酒自香。
村舍依稀惊日晚，弦歌婉曲隔云长。
梅黄时节知谁健，再约苏辛共远航。

罗浮山

蓬岛南移许万年，宝山揽翠出尘烟。

云翻白鹤迷香国，夕度青牛入洞天。

金鼎丹红堪抱朴，玉坛经古可师贤。

苍茫湖海今谁在，眼里松萝即大千。

浣溪沙·全党工作重点转移

回首神州瑞霭浓，欢歌一夜五湖东。旌旗千里带霜红。
潮涌鱼龙银甲动，天生霹雳壮图雄。新春梦枕彩云中。

浣溪沙·贵阳与守先纪波诸兄同访冯泽老

老去春秋贵似金，遥思换作短长吟。黔中西望乱云深。
笔下烟岚千古事，樽前梅柳百年心。花溪行处俱知音。

临江仙·盐城大纵湖

浩荡风生绿屿，迷离日下吴天。山云芳树渺如烟。渐红灯夜彩，新落板桥前。　　长忆卧冰锦鲤，时惊饮马奇篇。潜龙呼啸出苍渊。歌同环珮起，梦与水精圆。

注：卧冰锦鲤指西晋王祥卧冰求鲤一事。饮马奇篇指三国陈琳《饮马长城窟行》，大纵湖有陈琳墓。二者皆为本地名典。

浣溪沙·垫江牡丹

风过西南别有春，天池红绿已缤纷。檀心一点绝纤尘。色本无心方自在，香非刻意始天真。最难得是解花人。

临江仙·娲皇宫

霞起灵虚叠翠，风来幽谷含英。山腰无数夕阳明。树留惊世古，石炼补天青。　　楼活神工造化，崖磨妙手曾经。九重真气向谁倾。停骖迎爽籁，招鹤下沧溟。

简注：娲皇宫为山中活楼，可随风摆动。

卜算子·十九届六中全会谨依文彰先生韵并和

俯仰百年间，掌上关河灿。似有花中剪雪声，来把丰年换。　　鹏化一天星，龙起春光畔。四面云随天宇开，梦在初心绽。

水调歌头·张家界

极目碧虚外，烟雨两溟蒙。乱云飞起，武陵何处觅仙踪。崷岉幽崖百丈，刻削层峦千里，疑入九霄东。莫道青莎老，来沐古今风。　　天门月，茅岩瀑，玉皇松。南来欲把、等闲心事与春鸿。许是名山有待，怜我诗心依旧，遥赠绿芙蓉。未得惊人句，不肯上巅峰。

生查子·《中华辞赋》迎春雅集

天开山作屏,日暖云如带。碎锦乱琉璃,新碧浮晶彩。笛横红雨边,人倚青春外。无数好诗来,笔下风雷在。

忆秦娥·"9·3大阅兵"用沈鹏先生韵谨和

云雷激,白虹起处秋岑碧。秋岑碧,旗飞塞垒,箭扬霜镝。　　图强自有龙庭策,九州梦展千年翼。千年翼,声闻天外,势惊辰极。

西江月·大纵湖芦荡迷宫

百里轻舟湖荡,两三飞鸟青阳。棹歌起处水微茫,恰似人行云上。　　风载蒹葭往事,路迷沙渚烟光。盐都佳境自无双,翻作人间绝唱。

水龙吟·读徐培晨雅丹国家地质公园

云边落照苍茫,倩谁西指瑶台路。黄蒿涌动,丹峰耸立,乱崖无数。戈壁残烟,空城清角,繁星棋布。借秦时明月,纤尘洗却,更同舞,神仙斧。　　俯仰洪荒谁主,道曾经,海翻雷怒。电光石火,霜飞骐骥,草奔狐兔。疏勒天清,祁连秋晓,斯人何处?正银驼万里,雄关百二,曲狂如鼓。

鹧鸪天·射阳鹤乡菊海

五彩祥云照眼明,琼枝千朵向人倾。谁呼白鹤来东海,我送秋香入画屏。　　浓淡紫,浅深青。雅姿玉魄两娉婷。南来不借生花笔,人在天孙锦上行。

西江月·伯农先生八旬华诞

冻柳犹随风舞,疏梅新绽瑶芳。红霞一抹透虚窗,满眼欢声摇荡。　　醉拥灵椿无二,笑观白鹤成双。且催佳致入诗行,仰首文光百丈。

临江仙·港珠澳大桥并贺建国七十周年

千里琼田如旧,百年奇想堪惊。伶仃深处响天声。潮头蓬岛出,海上玉绳横。　　唤得鱼龙翻滚,呼来鸥鹭娉婷。笑从鳌背入沧溟。镜含云色白,珠吐月波清。

行香子·义桥老街

幽静门墙,曲折回廊。依稀见,满院浓芳。千年河埠,百里烟光。对青街直、青霞老、共昏黄。　　几多世味,几许柔肠。莫徘徊,负却流觞。桃花巷陌,渔父斜阳。想往来人,往来事,俱微茫。

鹧鸪天·黄河第一湾

日耀澄空舞绣鸾，云开塞上照晴澜。乾坤妙造无双境，太极初生第一湾。　　清涧曲，石楼环。天边新绿满秦川。长河秋色浓如酒，都在心头不忍删。

鹧鸪天·流江河湿地公园

曲径寻来翠影齐，晚莺恰恰向人啼。红桥横处烟迷岸，轻舸摇时花满堤。　　鸥聚散，水东西。荷亭缥缈接晴霓。临波欲剪琉璃色，再唤清风拂我衣。

踏莎行·那色峰海

缥缈烟岚，微茫空翠。千峰如梦云如水。鹤披残雨入斜阳，虹飞七彩青天外。　　春色迷离，林涛鼎沸。南行欲赴瑶台会。山中一日便千年，长吟不问归来未。

水调歌头·谒达州元稹纪念馆

楼列众山碧，凤起水云中。清风拂处，林光爽气满川东。坐挽流年如梦，细数荼䕷九月，策杖访遗踪。度旷北溟阔，绝响动遥空。　　元与白，两司马，倩谁同。襟边乐府如雪，纸上有潜龙。更借西厢月影，来遣悲怀万种，酹酒问归鸿。携子登高去，千点翠华浓。

鹧鸪天·凤仪桥韵

隐隐蝉声没晚烟,两三白鹭影连翩。朦胧村景还如许,寂寞湖光犹可怜。　　杨柳外,藕花前,软红蝶梦是当年。只今春去孤蓬老,我在桥头凤在天。

鹧鸪天·羊山战役纪念馆

百战山河作壮图,碉楼掩映暮烟疏。山前往事明斜日,石上清风贯碧梧。　　把浊酒,忆当初,张天烈焰未模糊。宝刀再把旌旗展,中有殷红血未枯。

西江月·马致远故居

门外小桥如带,楼前绿水轻摇。西窗瘦损美人蕉,独立昏茫古道。　　影冷汉宫秋月,泪抛梦里春宵。风中一笛尽风骚,吹动相思多少。

水龙吟·宣汉马渡关

云开巴蜀雄关,凭栏历历山河晓。天横彩练,霞明壮锦,九光普照。鸾凤东来,霜蹄西去,峰环如抱。任清风度我,空崖百丈,荒城远,征旗杳。　　依旧黄尘古道,漫回眸,佳人何老。长滩十里,烟波帆影,春秋多少。花气沾衣,岩光浮动,此情难表。正眉边翠涌,楼头钟起,歌飞林杪。

沁园春·黄河石林

九折洪波,一线天开,势耸绝峰。尽嶙峋崖壁,神工化女;蜿蜒峡谷,鬼斧横空。狮卧雄关,鹰环紫塞,马踏流星日在东。依稀见,又征帆竞发,浪激苍龙。　　回眸清气如虹,更千古风流谁与同。叹汨罗屈子,楚骚安续;沙门玄奘,宝筏难通。剑辟书山,旗辉笔柱,西北从来多俊雄。欣归去,正云来掌上,月到林中。

贺新郎·依淼公贺中华诗词学会成立三十周年韵并和

枝上霜威歇。看中霄,回鸾舞处,瑞浮京阙。恰值路开春色好,冉冉繁花似雪。数不尽,九州清绝。纵览山川三万里,有楚骚、五彩光难灭。诗国梦,更如铁。　　百年不废文心热。问谁人,临空又唱,蓟门千迭。风送长波津涯阔,袖底珠玑澄澈。再唤取,云帆一叶。要上星河邀太白,听声来天外奔雷裂。小宇宙,待飞越。

水调歌头·甘肃永泰龟城遗址

边塞烟尘古,漠北水云黄。举头残月明灭,野色满胡杨。险设孤城铁瓮,要控龙沙绝域,烽火没穹苍。虎卫关山久,风起笛声长。　　人何处,秋未老,事昏茫。心头鼓角悲壮,匹马下西凉。欲效骠姚许国,更羡文渊投笔,旆影耀天光。草白金鹰疾,碧落任翱翔。

西江月·新泰青云山庄

借得满池烟水,来换七彩瑶光。青云何处送归航,春在波心荡漾。　　笔下风回玉带,樽前露滴霓裳。今宵欲宿镜湖旁,细听沙鸥浅唱。

采桑子·雨中西湖

连天雨共湖山渺,堤外春波,堤上烟萝。袖笼清风起棹歌。　　断桥何处双栖鸟,柳未婆娑,岁又蹉跎。一寸诗心待月磨。

南乡子·南京鸡鸣寺

满眼佛光柔,塔影斜阳掌上浮。宝刹玲珑山色老,清幽。千石钟敲万木秋。　　不见古人愁,井上胭脂依旧流。借得寺前花一朵,登楼。待把尘机问比丘。

庆春泽·丙申恭王府海棠雅集

暮霭轻笼,残霞渐了,窗前白露零星。谷雨来时,满园翠影娉婷。世人皆道燕棠好,爱花间,风有余馨。更枝头,锦萼含烟,玉蕊如冰。　　丝桐起处声缭绕,愿深宵秉烛,今古同行。事往千年,只余山斗空明。杜陵去后东坡老,到如今,谁续高情。待回眸,春在诗边,月灿天京。

刘庆霖

毛泽东在开国大典上

城楼登处万旗飘,抬手之时心涌潮。
为了人民真站起,把天向上再推高。

题张家界天子山

手握金鞭立晚风,一声号令动山容。
如今我是石天子,统御湘中百万峰。

中秋赏月述怀

莫谓人间路万重,一壶浊酒笑临风。
手提明月行天下,怀抱诗灯挂夜空。

军营抒怀

十年望月满还亏,看落梅花听子规。
磨快宝刀悬北斗,男儿为国枕安危!

杂　感

一线阳光绕指缠，世间物理不轻言。
薄云似被遮深谷，小路如绳捆大山。

观兵马俑

鲸吞六国鬼神惊，秦俑依然气势宏。
若使我生千载上，定邀嬴政夜谈兵。

北疆哨兵

口令传呼换哨回，虚惊寒鸟绕林飞。
秋山才褪军衣色，白雪先沾战士眉。

故乡边境行

边境穿行欲断肠，当年历史已微茫。
界碑立处杂荒草，一朵花开两国香。

高原牧场

远处雪山摊碎光，高原六月野茫茫。
一方花色头巾里，三五牦牛啃夕阳。

西藏牧者

一轮红日上经幡，晓出群山大栅栏。
打马天堂去吃草，持鞭独自坐人间。

西藏朝圣者

一念生时杂念沉，低头磕向日黄昏。
以身作尺量尘路，撞得心钟唯自闻。

冬天打背柴

一把镰刀一丈绳，河边打草雪兼冰。
捆星背月归来晚，踩响村头犬吠声。

十二上龙潭山之一

漫步龙潭神愈清，山阳独自感新晴。
喜观崖雪纷崩落，听得残冬倒塌声。

赏焕秋书法

收尽奇峰研墨殊，烟波千里砚池浮。
醉中笔力犹苍劲，九曲黄河是草书。

泰山观日出

玉皇顶上雾初开，大小峰峦膝下排。
稳坐松前倚石案，招呼红日见吾来。

汉将李广

塞边飞将鬼神惊，策马黄沙万里行。
名重难封又何憾，男儿光彩照长城。

送于德水之日本

百年聚散似飞鸿，唯把真情叠梦中。
分别望残心里月，相逢握痛指间风。

在明长城下饮酒

长城墩下近黄昏，烈酒一瓶随手拎。
人一口来风一口，把风灌醉我微醺。

色季拉山口见蝴蝶

色季拉山春乍归，伫观蝴蝶一双随。
爱情攀上五千米，贴在格桑花上飞。

北京杂感

一、恭王旧府

恭王私宅尚如初,只是当今世界殊。
片片泛光绿瓦上,前朝重量已全无。

二、东四修表

精修钟表艺人传,小店经营越百年。
春到落花深巷里,看他拆卸旧时间。

三、前门春暮

繁华渐淡渐驱真,少却红痕多绿痕。
细雨送春人独望,众花安检过前门。

四、月光胡同

四合院中天每方,时间窄窄且悠长。
有人见过屋檐下,两百年前旧月光。

五、钱市胡同

熔铸炉行遗晚清,金银交易信和诚。
一条胡同扁担窄,未把人心挤变形。

六、卢沟老桥

两侧石狮千古裁，波中晓月映襟怀。
一桥如剑多磨损，曾带寒光出鞘来。

七、学会新址

东四槐荫第八条，旧时人物似花潮。
小楼今日办公处，对过曾居叶圣陶。

八、月亮酒馆

弯弯月亮几间房，酒馆谁开胡同长。
窄窄相逢堪一醉，槐花满地笛音香。

九、故宫偶感

堂皇宫阙认前朝，正大光明压殿高。
地下匿藏多少事，万千巨石若封条。

十、西山晴雪

寄书李白学汪伦，我住燕山东麓村。
找到一枚如席雪，邀君对坐饮黄昏。

悼念华国锋

纵然凡是误,拨乱亦雄才。
地陷之前夜,把天翻过来。

西府海棠

小河东岸步春阶,手指芳香浓处歇。
风过飞花见三瓣,细观两瓣是蝴蝶。

遂昌赏山

未思一脉独称雄,白马哦哦唤九龙。
为使蓝天更纯净,群山合力管春风。

吉林雾凇

玉树婆娑映彩桥,阶霜渚雪日方高。
严冬犹有春潮涌,一夜江声上柳条。

宝顶山千手观音偈

已浴嘉陵水,来归宝顶山。
金身能耐寂,石室足欣然。
修满一千手,凿空三万年。
何求香火旺,唯记渡人间。

入山行

清早入秋壑，黄昏逗岭巅。
行穿风领地，坐借雨空间。
踏露身将湿，扶枫手欲燃。
舀来一勺月，醉饮古潭边。

弃槎乱石岸，起帐莽松林。
明月抚琴过，绿风推牖临。
江山一握手，天地两知音。
休问来时路，星繁不可寻。

五色云边住，二分田里耘。
繁星皆旧友，峦嶂亦家人。
烟雨胸中气，江河掌上纹。
春风吹鬓雪，与我最相亲。

题京西古道驮马塑像

挥汗驮星月，山重水复重。
毛残力无减，骨瘦气犹雄。
踏碎蹄间铁，磨圆石上风。
如藤千古道，印有几行踪。

西安怀古

秦腔唐乐古今闻,霸业风干剩几斤?
渭水枯成黎庶井,烽烟凝作帝王坟。
阿房烧尽星分火,雁塔劫余云抱尘。
欲向城头寻旧事,有人独自夜吹埙。

全民族抗战

咆哮黄河狮吼声,忍观国破血还倾。
勇挥利剑斩蛇断,敢向烽烟提首行。
加固太行为掩体,挪移秦岭摆雄兵。
因缝浴火红旗洞,一片朝阳作补丁。

行宿千山有感

饮罢轻眠岭上云,星天尘世已单纯。
十年四海二三事,一路千山八九人。
大佛化峰为悟我,杂花拦路欲香君。
可能明日群仙至,古月今宵忽换新。

代盲人作

不晓光明咋弄丢，春天到了眼成秋。
日如雾影茫一片，天比屋檐高半楼。
书里梯攀手指上，世间路在竹竿头。
偶思扑蝶草丛坐，摸到枯花唯泪流。

访潭柘寺

万象随缘恒一参，宝珠峰下拜伽蓝。
清心未碍将香上，俗念何妨入寺芟。
坐壁观尘同大彻，待僧成佛与深谈。
归途可是来途我，架月层峦尽了凡。

偶　得

尘世凡心漫洗磨，诸天色界化应多。
常思朋友为明月，不把敌人当恶魔。
手臂是桥还是剑，嘴唇能咒亦能歌。
行藏到处伽蓝殿，一树一花皆佛陀。

松花江

源是天池未自夸，乘槎河本近仙家。
携云卷石下芝谷，过岭收川向海涯。
但见年年融雪水，不知何日号松花。
西流岂为标新异，借取千峰养梦华。

题梅岭石人

眼里群山黄复青，几时妆罢立云坪？
相思已作石头状，风韵依然神女形。
守候千年无泪水，觅行万里有心灯。
今吾愧少助君力，只向苍茫唤一声。

宿白蒲与诗友夜入宾馆后院法宝寺

何期夜静出凡尘，悟道与僧颇认真。
感受幽深千法宝，流连古老一禅门。
掌灯壁上研诗本，对月檐前探佛因。
双手合成三寸塔，掌心似有万层云。

西柏坡忆毛泽东"进京赶考"之语

最难巨笔写风云,领袖出题天下新。
万里江山为试卷,百年主考是人民。
载沉定律原非假,执政周期岂不真。
谨守初心向明月,甲申人物孰同论。

周恩来

真理寻求出绍兴,长征一路百年程。
每逢危局艰难拆,总为安澜砥砺行。
利在国家方欲得,名归天下敢思争。
长安街上送行日,哭到诗抄举世惊。

西山早春

山中闲坐忘尘埃,百丈晴峦绿撞怀。
古道重教花覆草,小溪漫遣石生苔。
云常似去似非去,我自如来如不来。
欲剪浅深林壑美,春光颇费再安排。

临江仙·渡江战役

百万雄师连夜发，席天卷地风生。漫言数载苦经营。千舟江面压，一帜岸边倾。　　四面枪声同爆豆，奈何得我神兵？五更天幕薄如绫。星星弹孔里，流淌出黎明。

临江仙·春过北京大观园

自读春风唇语后，沁芳桥下流霞。暖香坞外瘦山遮。雪芹应不晓，曲径又谁家。　　缀锦楼连蘅芜院，潇湘馆最清嘉。怡红快绿梦何华。爱情来过了，留下一园花。

临江仙·京西送王子江回故里

行过数年诗国路，已沾两脚云烟。莫言别去岂留连。知君怀抱里，尚有一群山。　　附近远方皆在此，飘零能不艰难。只今先我返乡关。友情如草色，随你到天边。

临江仙·酒泉抒怀

杯上夜光边塞老，酒泉冷热风裁？祁连头白我方来。看碑唐代立，扶柳左公栽。　　流玉长河人往复，足痕落满尘埃。共谁无事坐云台？待千年雪化，等一朵花开。

浣溪沙·玉溪拜谒聂耳铜像

耳听民间疾苦多，倾情报国斗凶魔。奈何弦断雨滂沱。一把琴成一段路，一支歌是一条河。此河此路在心窝。

鹧鸪天·秋日傍晚过灵山寺

石上禅音积百年，倚栏人指说悬泉。一条河去了空谷，几座峰留恋佛缘。　钟与寺，漫缠绵，秋光如水泼阶前。太阳也是风尘客，行在云边歇在山。

风入松·边关潜伏

乌啼零落不堪听，夜半伏边庭。凉风吹拂钢枪管，刺刀上，一点流萤。蛛网分沾草露，界碑爬上虫声。　风流年少亦多情，手握大山青。以身焐热边关土，五更时，撤走如星。脚印微芜月色，眼窝深陷黎明。

行香子·昙花

数载灵根，数尺风神。霎时来、俏丽惊魂。一方天地，怀里芳芬。更情超柔，心超洁，品超群。　莫言归宿，莫问来因。把尘缘、还与浮云。姣姣风月，淡淡秋春。有几人赏，几人念，几人尊。

临江仙·写给一位北漂

醉在京城出租屋,喝干半碗乡愁。月光覆盖鬓边秋。老家来电话,只说是丰收。 把萨克斯吹哭了,黄昏温婉清幽。明天依旧挤车流。看他花笑语,等我路回头。

蝶恋花·秋行香山曹雪芹小道

知乐壕边山脚右。听法高松,听法千年久。山顶僧来云满袖,雨香馆外苔阶陡。 人道雪芹曾此走。小径悠悠,小径今知否?红叶相思山亦瘦,那天握了深秋手。

南歌子·黄继光

黑暗为枪眼,光明亦紧张。敢迎战火向前方,毕竟士兵背后是家乡。 一死成高地,千秋说继光。忠诚比铁更坚强,子弹有时硬不过胸膛。

鹧鸪天·忆母亲做布鞋

漫把层层旧布粘,裁帮纳底细缝连。真情可用线头系,大爱能从针眼穿。 温脚上,暖心间,助儿越岭又翻山。麻绳今变长长路,犹在母亲双手牵。

水调歌头·思故乡

本是故乡子，卅载在他乡。乡愁清瘦肥硕，变化总无常。记得蛙声夜话，萤火三更初夏，池畔落花香。两遍母亲唤，一盏豆灯黄。　　梦已杳，人渐老，路偏长。井仍在背，山高水阔正茫茫。也有青峰陪坐，也有溪流伴我，只是怕思量。何日眼前水，忽作黑龙江。

鹧鸪天·写给儿童节

关上夕阳红色窗，夜空便是黑长廊。星星拿触角行走，月亮用眉毛发光。　　云露宿，向山岗，清晨化作一群羊。大山蹲在羊群后，仿佛那只灰太狼。

风入松·平谷赏桃花路转丫髻山下

春来走过雨兼虹，切入此时空。尖尖丫髻谁家女，青山顶、怅望尘红。接受芬芳遥远，回眸清影朦胧。　　斜阳留照紫霄宫，拾得几声钟。碧霞落地都消失，小村外、大道圆通。山寺低于心语，桃花高出春风。

浣溪沙·过六尺巷

一巷名成四百年，桐城佳话古今传。修墙人去乱花妍。常在高时看到矮，偶来窄处感知宽。悠悠六尺过人间。

舞春风·在武威想起霍去病

出塞男儿正少年,铁鞭一战下祁连。射雕雪岭胡裘薄,饮马狼居羌笛寒。　　用角弓封死魔界,将天神打入凡间。功成大漠酬军士,借取金樽分酒泉。

临江仙·东安阁

一阁时间开始在,湖山万里云台。谁将天府向东裁,花风都再造,雨露细安排。　　审视千秋做自己,不争自是雄才。登临展目总怡怀,月如清友至,日似故人来。

临江仙·笼中鸟

展翼蓝天来远古,林间歌带馨香。如今笼锁数年长,怕听山友唤,愁见野云翔。　　一尺阳光能饱食,自知不在天堂。有时开口述衷肠,三分为忆旧,一半是疗伤。

临江仙·三月回京望西山

我用天平称绿梦,一些重量氤氲。有风捎信给黄昏。信封无地址,信纸是烟村。　　夕日冲开云世界,漫山拖曳缤纷。数峰清立半如神,推花出凡世,让月想风尘。

眼儿媚·秋晨山中送雁

与峰并立天河下，俯视见疏灯。三声鸡叫，两声犬吠，一个黎明。　　晨星被鸟衔光了，旭日抹山青。可怜此地，可怜此景，又送君行。

风入松·十八年后又过绍兴有忆

斜阳遇见月之前，独自过江南。神仙也似人间在，小城望、点点溪烟。躲雨一时穿巷，访人两度乘船。　　咸亨酒馆再留连，旧事觅谁边？雨中几个人撑伞，石桥畔、打听当年。香榧避谈夏夜，桃花只讲春天。

【中吕·山坡羊】望昆仑山哨所

英雄守过，凡人守过。今朝谁个披霜卧？日光拖，月光磨。男儿自是关山锁，国门不许西风破。战，可用我；和，可用我。

【中吕·山坡羊】圣莲山春日

莲峰似寨，苍松如待。见崖边古佛莺先拜。上仙来，下僧来。我于石畔桃花外，听神谈论人间爱。山，比寺矮，云，比寺矮。

居香山歌

前年香山不识我，去年我不识香山。今年人山两相识，尤幸身能居此间。坐在山中看花笑，卧在山中听心跳。行在山中山亦行，饮在山中山醉倒。有话人可对山说，山语人能听心悦。城中有楼不能迁，欲迁难与香山别。料得明年山更亲，料得后年山似人。直到他年山人合，难辨是山还是身。

神游火焰山

此地本无冈，此地原清凉。羿射第九日，轰然坠古疆。消磨八万载，火焰尚难亡。纵借天山雪，岂可覆赤芒！羿将九日杀，九日心未绝。冰川纪当年，大地雪冰没。十日绕其行，不息献光热。终教水风生，地球冰壳脱。一自冰壳崩，万物随机生。五洲白变绿，四海水代凌。物类兼人类，各昭其本能。绵延至上古，文明渐渐萌。人生自然里，自然将人倚。互爱能互生，相害亦相死。十日忽乱为，相嬉无守轨。天下炎如焚，十日仍不止。人间苦不堪，天神亦可怜。后羿天上望，决意救人间。手开强弓弩，九日中箭翻。天上剩一日，循轨不敢偏。呜乎！十日俱功臣，当初何风神。何以酿大错，乃至遭杀身？或言时代换，思想未能跟。或言功已就，须隐作星辰。噫吁嚱！九日陨何处，认否当时误？当今此太阳，又何得天护？是否十日中，当然之天主？九日不能言，天地何无语？噫！忽有热风吹我颜，眼前重现火焰山。火焰山，热浪翻，好似赤道非洲炎。火焰山，火焰山，烤焦戈壁起黑烟。火焰山，火焰山，陨日红心燃烧到何年！

永定河放歌

小序：庚子四月初六，赴门头沟区求租居所，适逢永定河引黄河水，全线开闸通流。俯仰所见，山容翠黛森立，龙鳞白练萦怀；膝前浅滩浴柳，杂花摇曳，时闻童声洗耳，蛙鼓敲风。遂忘俗累，即兴于永定楼边畅饮，忽有感慨，以记。

时间开始后，山河先抵达。燕山与永定，在此极渤渤。山河存记忆，被人常翻阅。绿风起氤氲，化育识重叠。吾今欲暂栖，已签山水契。康衢大门开，有春在迎接。此水通幽怀，此山不言别。吾陪黄河水，于斯学清澈。

水可结络交，堪把梦相托。水可作吾师，涓浍能载物。山可当药食，瑰壮男儿骨。山可比圣贤，涤化世风洁。吾生亲渌水，每见心必悦。江河独弦琴，常自在心拂。吾生崇崒崔，慕名多拜谒。曾给江郎山，递过英雄帖。

携酒恕斜阳，山河多寥阔。藉此水中火，熔炼心头铁。一饮醉烟峦，二饮醉胴月。三饮倾五湖，天下孰豪杰。光阴延长线，被谁打个结。笑我酩酊际，难禁澜翻舌：水星已渴死，火星火熄灭。孤绝地球村，慨息自相伐。

时空松动了，拧紧踝关节。蝙蝠歌声黑，何敢浴白雪。不畏雷霆震，不管天完缺。放胆作山石，惓待娲皇割。满山草木中，指认一尊佛。抛把野花香，由蜂去啑说。撒把鸟鸣声，让树去活泼。掰块水底天，喂养蛙声茁。噫吁嚱！男儿适花甲，已共天地协。虔修自胸壑，苍茫川与崏。

宋彩霞

挑　夫

汗滴眼前霜，肩挑天路窄。
一方手帕长，擦痛沧桑额。

己亥正月初二赏天鹅

日暮乱群鹅，滩涂逐碧波。
皆因潮未满，不肯向天歌。

题　月

独立高天上，端居亿万年。
盈亏皆在我，玩转手中权。

春　来

春风如贵客，一到发兰芽。
稳坐梢头上，招来满树花。

雨中读荷

安营在水中，白雨湿东风。
得见三千滴，拈来句未工。

辛丑北京初雪

最爱此颜色，晶莹洁白时。
随风可融化，生死不瑕疵。

过九鲤湖咏九鲤飞瀑

嵯峨生碧色，百折响如雷。
祁梦奔腾里，珠帘天上来。

紫　燕

形影江中别，烟波灭此身。
至今言紫燕，不敢说艰辛。

紫燕秋去

彼岸遥飞去，劳劳似旧时。
艰难秋水上，死亦护雏儿。

抚海湾湿地

湿地浩无涯，陶鸥与浣沙。
依稀秋割里，万顷稻香花。

第三届（中国·玉溪）中华诗人节歌

烈魄与天齐，离骚绚陆离。
诗旗长不湿，为有弄潮儿。

北京至广元机上

流连只道月勾心，不觉情怀向夜深。
人在天涯无寄语，有诗词处有知音。

仰望卧佛岭

怀抱苍天正是非，迎风沐雨布春晖。
我从攘攘寻宁静，蓦地胸襟阔十围。

第三届"刘征青年诗人奖"（元正杯）评选揭晓致章学方先生

水起风生添一涯，桃蹊李径种诗花。
提携后学多谦逊，雨露无私最可嘉。

岐山莲花池书所见

一派青葱东复西,千红万绿压湖低。
黄游蜂落白莲上,吻着清香醉欲迷。

过瞿塘峡

一舟面向老塘西,波有风声韵脚齐。
峭壁青峰随手拍,一时忘却水云低。

赏仙女瀑

松涛竹海一坡闲,有女纤纤下碧弯。
腰细才能博王爱,不知舞倒几江山。

郓城南湖荷花畔书所见

含羞朵朵向人红,心事何人了与同?
小立问花花不语,黄蜂一任上莲蓬。

谨依文彰先生韵贺第二届南天湖梅花诗词文化节开幕

花与湖光漫四围,南天登陆响芳菲。
一从坠入缤纷地,便有新诗味正肥。

敦煌鸣沙山

长梯莽莽接云涯,十万金沙烫脚丫。
走出苍茫千载梦,风光还看我中华。

桂　花

饮尽西风向我开,深情入骨伴霜来。
大红大紫由它去,犹有黄花恋玉台。

访博兴中国草柳编文化创业产业园

编篓编筐技艺高,条条鱼尾小蛮腰。
一从掌上风云后,便领人间时代潮。

壬辰春分赋得兼怀老杜

小雪收惊蛰,燕山望里新。
航天添羽翼,白塔作龙辰。
会得茅庐意,能生笔下春。
千年诗圣道,忧国不谋身。

壬寅清明节杂感

惨象随时事，萧萧伤我心。
疫情来犯急，国士次探深。
客恸山飞泪，风吹汗滴林。
屏前得消息，浑欲不堪吟。

过龙江

云低天拍水，一望势滔滔。
莫怪清流细，能生白浪高。
波从桥外泻，韵向岸边淘。
我取龙江墨，燕山煮小毫。

环县山城堡战役遗址

战火起河西，朦朦晓雾低。
秋昏山外月，血溅堡头泥。
陇壑披霜甲，边风送马蹄。
危亡思义勇，骨肉筑诗题。

京城初雪

好雪动高情,相期在北京。
楼从天外白,窗白梦中明。
霾雾沉浮远,飞花往返轻。
飘飘柔扑面,俯仰觉冰清。

春日赏樱花

拖雨携云立,春心绚一隈。
千枝红翠袖,万朵白金杯。
抖瓣频攀雪,传香不用媒。
遥思前世里,恐是美人胚。

寄夫君

同经五十八番春,百载光阴有限身。
能在千途犹慎独,便无一句不清真。
相逢应悟星河近,离别方知日月新。
晚岁躬耕存秘诀,今生不悔作诗人。

常州机电学院诗词授课致诸君

图文楼外我登台,一室青春夺目开。
已信诗能甜日子,更期德可育人才。
心源追溯瞿秋白,眼界当推张太雷。
借得先贤三杰处,妆成玉蓓万千枚。

写在杂志社搬家日

诗在风云云上头,八年丝雨一声秋。
两三星挂阜成树,六十岁攀东四楼。
谁道电梯间不见,早知尘世外通幽。
燕山自有缤纷术,红紫交加青欲流。

第二届"刘征诗人奖"颁奖大会云上召开

云中相聚一团火,素手来牵千缕辉。
自设刘征诗奖后,渐知蜡笔数年非。
青春应许三分瘦,白首还寻七色肥。
地阔天圆峰四起,花开正引鹧鸪飞。

张永忠剪纸奇观

花自芳菲蝶自双,案前一对小鸳鸯。
谁人合手莲台坐,绕画开光笔底藏。
已把灵心酬雨露,还将肺腑到朝阳。
方期世代师徒剪,剪得春风长更长。

辛丑春声

岁月流金韵味长,一横一撇一瞳方。
雪非眼下多元气,诗是心中小太阳。
顾曲平回俄又喜,知音得到岂寻常。
坚持或许被辜负,依旧人同红绿黄。

东营港望海

黄河载梦几时成,嫁得东营未忘情。
群动远方能纳老,一生低处是修行。
海门自古无骄傲,风浪从来有不平。
龙出江湖都带水,无关潮大与潮轻。

无　题

十二年间北海西，朝随旭日晚灯霓。
曾经南国寻蝴蝶，也自东山咏碧鸡。
岱岳风光连彼岸，峨眉雨露上云梯。
此情真待时追忆，今始蓬门临砚泥。

咏　水

晶莹剔透好温柔，一瞬咆哮起浪愁。
飘渺无端成惯例，从容渐觉道难酬。
曾经软弱招风挟，也自严横截坝游。
俯仰人间终淡淡，清清白白坐春秋。

入京十四年（二）

天涯一别莽苍苍，南北寻租廉价房。
冬挽星辰光出海，日追雨露鬓消霜。
多三况味和诗住，十四年来用笔忙。
在手风云通世界，八条静巷有甘棠。

入京十四年（三）

平生自感业欣欣，只是诗书欠骨筋。
食两碗人间雨雪，梦三千客外风云。
春无垂露秋无劲，晓有悬针晚运斤。
一折一提均硬笔，真卿未必薄红裙。

减字木兰花·恭王府西府海棠

枝头做客，吩咐春风摇粉白。招进门来，满目深红向我开。　　十年花事，怒放之中清自媚。得一风光，恰似多情嫁海棠。

女冠子·观牡丹有所思

牡丹园内，有纵情盛开者，有含苞待放者，有刚刚萌芽者，与一颗紫藤相依相伴，煞是好看，因赋。

君成嘉秀，我未萌芽时候。错花期，春雨都成泪，秋波可是诗？君心如我意，便得永相随。愿化藤缠树，挂君枝。

浣溪沙·赏梅

一树梅红独自看，风吹轻雪也缠绵。神驰已忘暮钟寒。
世上几人香在骨？园中万树翠生烟。此花与我最相怜。

醉太平·雷雨

星藏月藏，风狂蝶狂。雷声划破南窗，令人惶鹊惶。更长梦长，来航去航。人生多少彷徨？问朝阳夕阳。

酷相思·蝉

不管生涯难满岁，且和暮、欢声沸。要人晓、心宽愁便退，一曲也、风儿醉。再曲也、云儿醉。　饮尽风烟何有泪，恨好调、无人对。月光冷、枝头寒露碎。欢尽了、休回味。悲尽了、休回味。

南歌子·读红楼梦

几点催花雨，三更梦不成。临窗默对一天星。那朵云儿脉脉向东行。　一卷红楼梦，悠悠石上情。灯花缭绕念曾经。可惜曾经都是落花声。

侧犯·念秋

柳边云黑，晚来卷地东风恶。池阁。几许老残荷、任漂泊。波中只有月，树上将无雀。情薄。今始信，芳菲正萧索。　家山一别，月转西阑角。知否错。负青山，还负那年约。梦里花黄，浅山如削。烟锁十万，悄然难觉。

鹧鸪天·秋思

秋冷风声也是霜,况兼明月照波光。云中雁唳谁同听?鸥荡芦花益浩茫。　　天苦短,梦还长。山溪曲似九回肠。怕将心事随词笔,写尽曾经一段香。

蝶恋花·春寒

冷柳不知风淡薄,斜倚枝头,挂影东南角。残雨啸声檐上落。樱花却与春无约。　　信是天宫难掌握。遍演疏狂,嫩蕾无从着。当是东君该认错。因何不守春风诺?

蝶恋花·读聂绀弩《赠梅》

容我孤山藏几尺,小鹊惊飞,一树伤心白。枯槁无形关塞隔,人情输与窗儿黑。　　但见苍茫风瑟瑟,十里春云,唤醒梅花笛。未许长天欺病客,月昏水浅相思得。

玉楼春·登黄鹤楼

临阶一曲梅花落,鹦鹉洲头帆寂寞。梦中曾历那支歌,燕北晴川因有约。　　冲天不见飞黄鹤,一派秋声吩咐着。烟波别问醉如何?我与诗仙来对酌。

卜算子·观《烟雨凤凰》

月淡凤凰奇,水碧清凉界。试向珠帘啼一声,情坠相思海。　不是不伤情,只是情难再。收拾悲欢谢幕时,瘦了原生态。

临江仙·栀子

伸展平常枝叶,生成少许清阴。难因卑弱减知音。果微高眼界,花素大胸襟。　入梦留将人忆,凭虚恍若仙临。野山荒岭漫追寻。风光都改尽,不改是初心。

朝中措·盐城赋盐

盐成每把爱相期。你是太阳妻。黑夜从难失约,暾红偶尔来迟。　滩头晒梦,耕潮煮海,晶结相思。咸淡随君口味,光辉注定为媒。

南歌子·春日

小雪来清座,红梅去晚妆。鱼儿拱水享初阳。柳外玉兰赶着、嫁新郎。　日子寻常过,冰凌哪里藏。人间万物各登堂。桃李甘棠不管、旧沧桑。

南歌子·夏日

柳上蝉鸣早,林间雀梦迟。渔翁端坐老塘西。钓暑钓风钓雨、已忘机。　　一架葡萄瘦,三排豆角肥。姑娘忙着剪秋葵。更有娃儿小跑、摘花回。

菩萨蛮·又到萧山

萧山容易江潮得,生涯只是人南北。渔浦旧曾游,清音总未休。　　人生忙亦好,双鬓催人老。看那彩云开,诗风天上来。

菩萨蛮·渔浦书所见

曾经约定江潮弄,茫茫万里流云动。小子钓凉波,姑娘笑酒窝。　　苍烟收不起,落坐滩涂里。有个小船儿,鱼来了不知。

鹧鸪天·河口分韵嵌"黄河入海我回家",时在黄河入海口

我在舟前数水花,黄河入海我回家。耳边雨露眉边雪,脚下风烟流下沙。　　看有界,爱无涯,几回梦里泛星槎。容和襟抱真难得,要向红尘免俗哗。

菩萨蛮·渔浦烟光

源头莽莽烟光近，高唐才子留芳韵。依约浣溪沙，开成水上花。　　此花真可爱，日日花间采。可喜这般亲，诗留未了因。

卜算子·2021年元旦

无计问芳菲，大地花犹未。陌上枝头有苦寒，折尽苍生泪。　　牛气下云天，水色连山翠。一甩长鞭宿雾开，四海添明媚。

鹧鸪天·礼赞喀喇昆仑英雄（三首）

喀喇高天天上鹰，边关炯炯眼眸明。领章恰似花开放，肝胆全凭爱作成。　　朝踏雪，夜巡冰，保家勠力捣横行。多情最是昆仑月，照我丰碑护国兵。

合是高峰知几层，茫茫雪暖上春冰。敢迎敌后孤身火，来做人间一世英。　　维寸土，爱倾城，趁风带雨扫雷霆。男儿护国碑陵在，当记昆仑好弟兄。

雷起总留风雨声，声声敲打是曾经。望中时出窥偷者，巡守从无漏网鲸。　　从浩响，到纵横，撬开冰谷抚长缨。神州元自天辽阔，信有英雄得得行。

玉楼春·北京冬残奥会抒怀

旗迎雪浪飘澎湃，云外披襟真自快。滑台开道向冰壶，装点青春成一派。　　临场谁更飞豪迈，要把人生添异彩。躯残休说梦难圆，揽月海山情似海。

次晓川师《临江仙·山居喜雪》韵赋雪

直下天门飞白白，绵绵寂静无声。飘飘流韵碧泉莹，雪中寒冷冷，春色响蒸蒸。　　一路翩翩追蝶梦，更追诗简文朋。冰肌玉做不须惊，水云参漠漠，牛气正腾腾。

蝶恋花·诗词我与你

五十年前初识你。岁里消愁，岁里风云记。岁里炎凉霜满纸。悲欢小字浑无系。　　五十年来犹爱你。坠入清溪，坠入钟情地。坠入芳香明媚里。青黄红紫开心底。

玲珑玉·忆

风雪偏多，已经惯、早梦犹醒。胡风急雨，要将前事厘清。看那霾云透顶，任沙尘来击，难洗欺凌。阴晴。兰梢头、芽已拱青。　　淡对红尘过往，问当年消息，谁笑刘伶。爱酒醇香，爱它能、浅醉清明。休言冰心无据，那时节、青青竹叶，句句辰星。漫赢得，雪盈头、诗意倾城。

木兰花慢·石岛港观涛

看沙平浪静,海天阔、竟无风。正岸浅渔舟,沙藏蟹贝,万里云空。从容,舞鸥弄影,觉沧溟此刻也玲珑。多少柔情,唤起此时,忘却英雄。　　峥嵘。一瞬醒蛟龙。顿崩雪汹汹,要波与天齐,狂飙咆哮,尽失西东。迷蒙。共涛沉没,悟青山碧水不相逢。虽睹乾坤鼎沸,旷怀举世谁同?

摸鱼儿·开江荷花世界写意

小风吹、流波青碧,温然添得标格。徐徐盘滴珠花满,触手实难相捉。殊落寞。一转瞬、蜻蜓贴水来相约。云收雨脚。任翠叶张天,红枝棹日,合与开奇璞。　　巴山水,自古无尘可濯。分明清丽如昨。芳菲万亩颜如玉,诗境自筹帷幄。堪领略。这次第、江湖恩怨全抛却。云开寥廓。便大写青莲,滔滔文气,卓卓入磅礴。

东风第一枝·己亥新正

大野扶苏,东君助暖,花心梦醒垂柳。腊梅消息盈窗,新竹响堆满袖。风牵雨往,想买断、浓情杯酒。这次第、已把纤香,递向九州诗友。　　今夜赏、月明星逗。再日探、雾飞山秀。摘些圆眼樱桃,拣拾梢头豆蔻。拿来就句,必然有、芳菲相诱。你看那、绿旺红肥,信是小春时候。

浣溪沙·谒毛泽东《沁园春·雪》创作地高家洼塬

小径向东一小坡,土窑洞里镇风波。东征长剑慑群魔。
碾子推开新世界,人民盼解老沉疴。沁园春扫旧星河。

水龙吟·本意

涛峰不是归天上,却使风云争出。波藏蟹贝,鹭鸥叠雪,橹摇宽窄。荒径聊聊,烟萝莫莫,几曾惶惑。叹月蚀渔夫,星流北海,潮堆起、浑如墨。　　信有诗中弥勒,播光明、锦书赢得。静施善念,以情抱怨,以真报德。岸浅舟行,浪花无数,岂劳人力。看东来紫气,披红著绿,是青春色。

登深圳平安大厦

扶摇直登最高楼,百十六层转回眸。回眸一揽鹏城水,不觉光阴瞬息流。当年脚步风雷响,炮声震天听半晌。划圈故事冲云霄,歌声响彻云霄上。拓荒牛儿步锋芒,万千义工不惧霜。往日苍凉俱往矣,伸延记忆有清香。幸得春心第一朵,伟人种出黄金果。莲花山上绽百花,年年看花人成夥。金风十万载新诗,眷恋心中第一枝。热血奔腾四十载,时代坐标厉有为。依依诗情云中送,飒飒金风吹好梦。点点烟波映楼台,缕缕斜阳歌三弄。大厦推开一扇门,纹路清晰演乾坤。芳菲无尽源何处?浩宇强音中国魂。地阔天圆涵秋水,东西南北楼参起。一抹夕阳近电梯,心潮滚滚不能已。

女儿女婿双双获得博士学位海外归来歌

落絮随风白,千日音容隔。他乡陌生春,寂寞东方客。三载在天涯,牵萦万里家。朝煮白米饭,夜读浣溪沙。知识能当饭,育儿日程满。大疫隔清州,思念天不管。抖音最时髦,可解思念潮。随风来入夜,替我与孙聊。韩语和英语,难为小孙女。会识别离字,童声也酸楚。雨露共兼霜,修辞夜未央。星辰同做伴,花经雨后香。遥山翠分黛,鹭约鸥盟在。摘取艺上花,岂可初心改。我在燕京西,细雨落花泥。心驰三万里,梦湿水云低。名利休缰锁,事业应如火。肝胆到杏坛,时时春风坐。

敦煌十万歌

十万铁骑逼甘泉,匈奴屡屡犯阳关。太中大夫出西域,联合月氏愿执鞭。十万计谋访大夏,凿空西域飞天马。相望于道博望侯,横贯东西说金价。十万刀光铁脊梁,讨伐匈奴餐冰霜。可怜万千英雄血,染红西天一抹黄。十万金沙卷大漠,探风走石丝路索。驼铃一路响叮当,费尽千秋骆驼脚。十万月牙露半弯,见证烈士不复还。春风千载真难度,茫茫大漠泪斑斑。十万壁画洞连洞,神光贝叶玲珑凤。万株莲花不虚开,能将五彩编成梦。十万舰队列一支,北海方盘足军师。祁连山脉堆天脊,十万雪花十万诗。

李赞军

参观毛主席旧居

荷塘留倩影,身傍伟人家。
了我心中愿,回眸夕照斜。

春

二月河山景,层林雨湿桐。
柔柔杨柳动,脉脉小桃红。

感 怀

破浪航行九五春,红船掌舵有来人。
除蝇打虎民心向,锦绣山河日月新。

骨伤上班前一天有感

捻缕秋风做信差,捎情解趣已开怀。
三三见九难关过,健步如飞我又来。

月牙泉

荒沙大漠碧云天，谁引瑶池到此间。
翠柳柔枝环抱处，一弯明月是清泉。

有感立春

四季循环要惜春，开年始做必精新。
瘟魔不管来归去，常态防身需认真。

东四六条涮肉馆春节联谊分得"窗"字

胡同弯弯雪扑窗，温馨小店胜华堂。
酒香不管巷深浅，火煮铜锅共举觞。

诗友雅集分韵写减字木兰花，勉力以四行短句塞责

窗前飘雪落希声，室内盎然诗意浓。
减字木兰风雅韵，我添绝句滥竽充。

清平乐·中秋寄友

秋光多少，莫道全忘了。嘴犟心柔谁个晓，手指园中秋草。　　眼前无限繁花，灵芝开在天涯。莫负一轮明月，朦胧照彻窗纱。

庚子春思

晨曦映雪照窗门,玉树银花诱煞人。
锦鼠躬身送猪去,喳喳喜鹊报新春。
提篮居京购年货,外漂回家孝双亲。
突然病毒将路挡,肆虐横行大难临。
搏击号令揭竿起,各路豪杰勇献身。
军医战斗最前列,白衣天使健步跟。
疫战凯旋指日待,病树前头万木春。

鹧鸪天·和康医疗社区见闻

沐浴金风晒日光,社区宜住是闻皇。和康抱负和康事,养护医疗百卉芳。　书竞好,墨飘香,排毒熏艾助眠长。远程问诊添方便,百姓聊天尽赞扬。

朝中措·庚子春节有感

春节谢客待家中,只恨疫情凶。浇过几盆花草,凝眸远望晴空。　居区设岗,红标警示,验证通行。但愿冰封化解,天天沐浴春风。

潘 泓

聊 天

唏嘘一再便舒眉，电影雷声孰可追。
四十余年几同事，张亡李老赵双规。

唐古拉山

云峰云海自斑斓，偶有铅山拥雪山。
身在羚羊栖息地，不知何处是人间。

通天河

洪荒曾识是何年，洌洌泠泠漫地天。
莫问源头宜住否，源头只合住神仙。

匹兹堡华盛顿小镇见金银花

自将寂寞放成春，一朵黄金一朵银。
惊喜应知他似我，异乡花见故乡人。

地铁内所见

衣上油灰渍已干,话题只是返家难。
同乡三五谈车票,不涉何时小大寒。

北京"中国尊"工地夜景仰望

精钢焊起三千尺,更有三千尺上身。
仙女不来星月冷,看他客串散花人。

菜场回家途中

豆荚椿芽买未讹,尘霾退却太阳多。
五三六路公交上,奶奶爷爷说暖和。

夜梦天台醒后补为七绝三首

老石阶边竹瘦长,孤峰依旧柱浑茫。
泠泠月色青崖下,荡漾禅钟到四乡。

菟丝石耳两闲闲,老葛如龙信手攀。
却恐南天门进去,凡身无术返人间。

雾海山浮混沌开,饮风置有坐忘台。
松涛阵阵深渊起,无数山精叫啸来。

欲制柳哨未成

吹响青春即此时，童心拟药老来痴。
遍寻亮马河边树，不是红安那一枝。

蓝色港湾蔷薇

摇红曳紫碧湖边，报答春恩又一年。
几簇柔藤开谢里，不惊风雨不惊天。

黑　柴

直立小灌木，强耐旱，西北随处可见。

雨露来何薄，荒原屡望春。
气寒根自瘦，日暖叶方新。
不识膏腴土，宁为倔强身。
拼将纤细绿，一一覆黄尘。

共享单车

岂惟花意闹，商事亦争春。
灿烂红黄绿，和谐天地人。
谈霾曾色变，挥手已风亲。
铃响双环过，教看窈窕身。

至孟浩然隐居处

得遂追寻意,车尘谒鹿门。
摇心松竹影,入眼水云魂。
我亦闲花坐,谁还野酒温。
风流多寂寞,荒冢那堪论。

四月廿九天健宾馆闻雷

忽然山岳颤,顿绝草虫鸣。
乃是鞭天力,来为杵地声。
三灵同隐匿,五内一澄清。
蛇鼠知何处,玄虚甚有情。

自是噤喉久,方教放胆鸣。
重霄惊裂瓦,大块且吞声。
扫穴风笤疾,浇城雨瀑清。
芸芸凭整肃,聊慰鹤猿情。

冬奥会火炬在奥森公园传递

人情天气两蒸蒸,待上高台又一层。
浪漫山原银作雪,晶莹场馆玉为冰。
健儿雷厉争新技,古国春融富热能。
四海五洲迎奥运,满园虎跃与龙腾。

伞

覆地撑天总不鸣，只将安适庇苍生。
缠绵细雨三春意，感戴骄阳六月情。
游子挈携行处远，好花开放望中明。
佳人未止西湖遇，五彩蘑菇朵朵荣。

煮元宵

心情此刻也温柔，呵玉嘘脂手一瓯。
水沸三冬千片雪，丸揉五谷八方秋。
栖身敢忘锄犁技，侧耳宁多碓臼谋。
岁月如斯能饱满，莫言农父远风流。

街道边迎春

姑从蓓蕾想嫣然，绽赤铺黄讯已传。
候到枝能花一二，得知春未路三千。
暖寒倾轧多无律，开谢安和或是禅。
我便匆匆朝与暮，朦胧似见万丛妍。

渔 浦

传为浙东唐诗之路起点,今日只剩一段石堤矣。

雨后田园净不尘,柳堤犹护满江春。
灵山北望杭州近,遗址东连海市新。
是处原多诗放棹,斯时自有酒醺人。
渡头今坐持竿客,两两三三钓锦鳞。

登中央电视塔

名望真能拔地高,电梯已遂入云豪。
且看八阵迷楼厦,焉用三台荐羽毛。
日照故宫龙久逊,风鸣老耳虎仍劳。
朝阳海淀东南北,漫把圈圈画几遭。

陪老伴游泳戏题

涤尘岂为效头陀,伴得佳人洛水过。
老臂但翻琼浪起,花颜如遣翠蛟驮。
我安面目同泥浊,谁管江湖正事多。
莫笑鸳鸯慢身手,悠游胜似浴银河。

武汉市孙中山铜像前

铜像位于武汉市三民路广场中央。在此立孙中山铜像系宋庆龄、何香凝、毛泽东、董必武、吴玉章等于1927年3月在汉口参加国民党二届三中全会时提议。汉口特别市政府于1929年开始筹建，1933年6月1日落成。

战友牺牲病折磨，鲜红一路血浇多。
蓬瀛社结同盟会，辛亥军讴起义歌。
久是瓜分悲祖国，应教浊涤涌洪波。
先生识得潮流力，学说躬行创共和。

摧枯事业仗三民，手上宏图幅幅新。
尚未东西南北一，还须穷富暖寒均。
街衢立像言遗志，方略成功待后人。
世界风云昂首望，先驱犹是不闲身。

朱仙镇岳飞庙

恨是桑麻被战云，黄龙未捣泪纷纷。
金瓯上国谋何怯，铁马中原杀不闻。
长跪纵鞭秦宰相，高功已毁岳将军。
君生臣死忠奸紊，到此空嗟第一勋。

打工人回乡三部曲

家乡不日应开颜,我似迢迢候鸟还。
无复讨薪愁腊月,也能沽酒暖年关。
票嗟网络无双技,队站街衢第一班。
临客买来欣有座,归程订在雪风间。

汗水今年未白流,蛇皮袋鼓夏春秋。
妻儿相语应欢喜,京沪回看已漫游。
食美惟称方便面,鼾香岂用吉光裘。
却怜通道人跌坐,屡问何时过郑州。

夜半车停栎树坡,悄然出站望天河。
到家巴士来嫌慢,扑面方言听喜多。
泥土心情时看表,鱼虾信息已开锅。
那些山水还须越,恨不霜轮快似梭。

浦江通济湖畔农家

汗水春秋自有痕,连绵别墅说吴村。
回收箱畔花颜靓,竞赛诗中土味存。
几处飞鸢归绿野,何人荡桨动黄昏。
翁婆卖饼谁收款,微信无声贴店门。

东三环迎春花

暖黄一簇映泓泓，开到看花众口惊。
东道雨柔能共乐，北漂心累未相轻。
且教红杏云长倚，还怅青衿谱不名。
百媚千娇明日又，后生好是胜先生。

重阳夜医院陪父亲

云垂那见月东西，窗外风鸣鸟不啼。
门掩走廊须度夜，灯关病室欲扶乩。
药汤每恐攻难守，呼吸还惊高又低。
床畔依然聊往昔，几多人作穴中泥。

为志愿军堂兄题照二首

曾经赳赳臂擎天，鸭绿江东解倒悬。
老骨到今仍戴德，芳时是处可遗贤。
梦魂半岛三千里，柴米深山九十年。
补助听他感优越：也能白酒与香烟。

雪刃霜锋老手持，神威尚在大山知。
三餐未减廉颇饭，七出犹疲诸葛师。
纵是峰峦藜可仗，已难唇齿痛无私。
盗攻贼守诸盟约，知否援朝抗美时。

秋中夜从香港飞迪拜

甚处能闻桂子尘,青天玉兔两眸新。
彩云超越须看我,空客腾飞岂让人。
怕扰银蟾杯未举,还忧碧海笑仍贫。
今宵不寐九千里,转觉寰区事事亲。

上班族一日

不待朝阳照睡城,回龙观里已燃灯。
出租屋醒三千众,报点钟催四五声。
何处打工张女士,即时刷卡李先生。
头班地铁来应快,摩拜开开踩莫停。

大楼名字靓云霄,入得重门意气豪。
脚下电梯千丈起,梦中花雨片时销。
工程重我凭心力,老板轻谁不羽毛。
百二秦关随处是,虎贲征讨那辞劳。

望加班也恨加班,九点归来事未安。
有限乡愁柔枕近,多情灯火倦禽还。
开心一刻凭淘宝,饱腹三更仗快餐。
隔壁歌声听妙曼,管他今夜是何年。

孔雀石

此物为印章石料,大冶朋友所赠。诗成于参加2018《中华诗词》新泰青春诗会前日,兼寄诸青年诗人。

亿万年来一念痴,沉埋信有出山时。
天威纵护麒麟种,地火常销虎豹师。
岂望色凝称孔雀,难忘血热似胭脂。
休教俗手掂轻重,方寸还期巨匠持。

老伴生日

天台出入路何迷,转瞬佳人变老妻。
胃口仍因新米阔,身高更比去年低。
雷霆耳背蚊难扰,风雨心安瓮尚提。
今日河东狮子事,数圈朋友斗灵犀。

上杭客家族谱博物馆

最宜渔牧与桑麻,水水山山庇客家。
亿兆田园凭手拓,万千脉络可根查。
明珠撒出光辉海,信史修成室蕴霞。
事迹好教存典籍,墙边路畔遍奇花。

铭社南北对抗赛有题为《豆腐脑》，亦试为之三首

黑土黄泥俱有魂，春秋入碗嫩宜飧。
包藏最富清霜色，变化曾融赤汗痕。
得卤得糖知共美，活牛活马莫深论。
若教市井西施在，板凳冰凉口舌温。

氤氲剩此可勾魂，南北街边品小飧。
已趁晴明萌谷雨，还教混沌酿花痕。
醪糟煮沸君臣洽，豆荚腌香释道论。
岁月由他漂泊久，家园滋味可重温。

欣从巷陌觅香魂，口腹年来重素飧。
得雨天涯星可耦，收秋院落月曾痕。
客卿弹铗供谈笑，贫女缝衣耐检论。
碗盏叮当听旋律，乡愁点滴不时温。

丽江玉湖村

羽杉林畔格桑花，行到冰泉第几家。
养眼门楼奇石垒，爽心声气客人哗。
玉龙布景山铺雪，宝宅涵辉壁映霞。
小座亭廊看马过，纳西聊罢说东巴。

闻封城祝福武汉二首

檄羽纷纷号角吹,硝烟未起见颓危。
银盔甲已征精锐,铁布衫须护弱羸。
十七春秋情景忆,三千世界寇魋椎。
只今心事麻团似,一望江城一皱眉。

龟蛇静默汉江喑,为问何时病疠侵。
三镇不闻轮渡笛,中枢应备指南针。
可能断腕难全璧,终究移山在一心。
网络遍传祈福语,人天友爱意沉沉。

老伴侍花咏

引绿敷红暖色调,京华谁予草花娇。
翻盆似欲酬三笑,击壤应能和九韶。
枝刈冗繁风自弄,芽舒温软雪初销。
养心一殿君臣列,不怨罗浮洛浦遥。

临江仙·冰壶

一粒精灵轻巧出,线条变幻弦弧。回旋徐疾匠心殊。是谁施妙手,美石琢为壶。　　呐喊未曾忘鼓掌,同他额蹙眉舒。丁当声里听弹珠。果然韬略稔,得胜在须臾。

金缕曲·黑洞之声遐想

人类第一次"听"到引力波。

来处无寒暑。那鸿蒙，泪珠溅起、悄然谁主。沉静池塘微澜漾，相惜相依相舞。不必问，粉身何苦。爱到难分成热烈，这般痴，直让神仙妒。从此后，长看顾。　　尘寰已有倾听处。听那声，盟山誓海，耳边轻语。途远怜从光年计，仆仆风尘行旅。倏尔里，了忘今古。携得沿途无限事，向吾人、漫把幽思诉。吾感动，尔知否。

行香子·萃锦园语花

且逐韶光，且趁熙阳。泳东风岂用商量。开华节令，地使天将。况鲫波柔，莎草醒，柳莺忙。　　舒张非易，缤纷休待，甚园林不可猖狂。已清明了，莫负衷肠。但竞朱红，争雪白，斗金黄。

临江仙·在遂昌欣赏上海昆剧团张莉、陶思妤演出《牡丹亭·游园》

柳软风轻春又是，牡丹亭袅晴烟。是谁低唱奈何天。万般红与紫，一一付颓垣。　　情到最痴生死忘，惟馀清泪熬煎。幽幽那觉宿妆残。明朝人便老，此日有谁看。

定风波·乙未腊八在张家口沙岭子村

北野兜风快也哉，冬阳腊雪已安排。刹那车行三百里，飞起，凡心暂得远尘埃。　铁岭银川凝望处，村墅，分明飘送粥香来。黄犬殷勤非错认，休问，霞扉早向客人开。

鹧鸪天·张家口杂粮店主小云速写

面的刚停响手机，脸庞红黑语声低。帽檐大境楼头雪，裤腿阴山路上泥。　黄绿豆，脆香梨，包装南北卖东西。憨诚媳妇娇儿女，美味人生一店齐。

临江仙·种牙后戏笔

我怠慢他他弃我，何堪我痛他亡。三军心志尽凄惶。鸣鸡还盗狗，门客不成行。　洞补前非应未晚，汝今弹铗无妨。当真好物是糟糠。老唇教惕惕，不使面风霜。

桂枝香·早点摊

冰丝雪片，是两手鹏翻，苦甜揉遍。揉入芳畦露重，莽原霜浅。揉成岁月香浓郁，要行人、俱开青眼。热腾腾里，不须吆喝，已街衢暖。　渐东天、朝霞赤散。世界醒来时，又如花粲。车水匆匆，但许饼挑汤选。红尘百味都调就，已烦劳椒葱姜蒜。烹鲜手段，当垆岁月，涩咸谁羡。

念奴娇·过虎豹口

地在甘肃靖远,为红四方面军西征渡河处。当年吾邑湖北红安籍甚多官兵由此一去不复还。

乌兰山下,正黄河滚滚,泥奔沙决。八十年前谁强渡,烽火硝烟舟楫。战士东来,雄兵西向,军号声声咽。马蹄飞起,莽原戈壁相接。　　此去戟损刀残,骨销身死,旗帜悲崩折。只剩三军番号在,中有万千英烈。此日吾来,乡亲何在,泪水双眸热。祭忠魂也,花圈红艳如血。

高阳台·偕半亩塘诸子白洋淀望月岛放荷灯

一瓣光微,数圈色淡,漆瞳闪似星瞳。皎月无声,悠悠送到菱风。朱颜白发何须辨,戏荷滩,尽是顽童。这时分,渔唱悠扬,苇阵朦胧。　　浮生不许欢娱少,甚芸芸芥子,思极天穹。且向澄波,松开掌上柔红。愿它点点圆如豆,向天涯,缱绻无终。念今宵,灯在沧浪,梦在烟篷。

八声甘州·机场送诸家人返美

悯征鸿劳燕去来忙,箱箧屡酸腰。幸他乡归后,几番风暖,数日尘消。更苦酬钱捐赵,未遂片时樵。只食贪山菜,酒啧家醪。　　北极行将飞过,又星沉月起,貌远声遥。惯相逢相别,何用咽笳箫。愿从容、梦安云路,愿天涯、春树绿能巢。斜阳下、有波音过,似蓬飘。

临江仙·靖安"稻田+"新农村

丛竹侧栽梨子树,人家错落高低。门廊好晾入时衣。道旁垂架豆,林脚噪柴鸡。　　虾蟹藏深鹅鸭饱,鹭鸶飞过萍溪。水平田埂稻将齐。雨馀晴野净,橙紫现虹霓。

定风波·饮信阳毛尖

为有灵芽向日娇,晨风晚露爱偏饶。多少人家甘与苦,撷取,绿云山隔绿藤桥。　　一盏山泉来掌上,波漾,中间蝴蝶翅飘飘。却恐春光容易过,安坐,冰霜何远雪何遥。

念奴娇·登正定古城

三关雄镇,在百花时候,向天巍立。长乐门高高几许,雁路戛然无迹。足下重城,眼中芳野,寺古浮屠密。滹沱波静,太行无尽苍碧。　　烟树人物相看,从容慷慨,今古仍如一。想象赵云披挂去,惟剩虎威消息。岁月延绵,英雄代谢,街市新谁辟。正宜吟啸,暖风何处闻笛。

诉衷情·蜗牛

可安身处便为家,修得慢生涯。庭阴正好消夏,吮露卧瑶葩。　　晨雾润,暮烟遮,炫豪奢。且将行篆,素壁闲书,一幅横斜。

采茶曲

采茶去,已住清明雨。草帽布衣天渐曙,翻飞十指春琴抚。风吹乳雾轻如缕,带露灵芽枝上取。鹧鸪声,漫林圃。满筐篮,日将午。

华盛顿国家公园二战纪念碑

草树沐晴曛,高低语笑闻。潺湲泉喷玉,池水映轻云。死生赴二战,血肉殁三军。此处眠魂魄,胜如七尺坟。王霸何为者,抟风鹏出群。烈士如能祭,和平是所欣。天方多少国,弹雨正纷纷。

迦陵学舍主人歌

渤海湾浮万里船,白河岸种无忧草。正是河清海晏时,彼岸人归人未老。归来卜筑曰迦陵,迦陵主人曰嘉莹。浸淫国学开生面,糅合西东旧有名。主人作嫁还作稼,仆仆春秋与冬夏。丹心素怀安可忘,乃署迦陵为学舍。东风化雨一年年,隐约文光灿地天。教人旦暮循踪至,玉容银发睹神仙。神仙燃烛还秉烛,典籍但能翻新读。神仙居处景何如,海棠缤纷丛篁绿。神仙事业有谁同,点化珠玑句句工。无怪常闻天孙织锦机杼响,犹有迦陵妙音下九重。

涉县赤岸八路军129师司令部行记

山崖草树各悠悠，清浊漳河自在流。白云轻拂将军岭，岭下人忙热闹秋。那日廊庙将倾圮，国如风叶人如蚁。赤坎赳赳聚雄师，群峰万壑霹雳起。赤坎人家似寻常，也宜院落植丁香。辟作龙城飞将府，纷纷檄羽达疆场。高低门户明灯火，应曾盘石将军坐。峛崺太岳热血儿，小米步枪冰雪卧。八年未可说艰难，死战那能虑殁残。靖寇功成逐匪去，将军拍马跃中原。雄师去后地如何，剩有辉煌故事多。番号灿灿一二九，不教岁月暗销磨。我来小院寻踪迹，仰见将星列墙壁。上有乡亲黄安人，口念姓名双眸湿。拭眸环望太行山，恍惚将士立山巅。拭眸探看农家院，豆粱鸡犬俱怡然。

喜　鹊

矫矫园中杨，虬条入晴碧。灵鹊一双来，喳喳示亲昵。信是小夫妻，议将香巢葺。香巢奚何难，风晨至日夕。彼衔槐柳枝，此拾柔茅荻。好枝费检寻，柔草得未易。万草与万枝，寸寸知珍惜。交缠若缝衣，经纬精心绩。或忘肠腹饥，或无片时憩。不解计晨昏，直至堂皇立。外作穹窿圆，内铺貂狐腋。风雨莫能侵，岂惧雪霜疾。天工差可为，匪此谁能及。春回天气和，轮奂事方毕。遂为繁衍忙，寸阴未忍息。雌鸟巢中孵，调温恒警惕。雄鸟振羽忙，芳郊觅遗粒。但期雏长成，合家语甜蜜。

驼峰岭歌

驼峰岭在内蒙古阿尔山风景区内，有火山口天池。

绿水绿风阿尔山，夏云夏雨似春娴。行行三百六十里，石林树海相缠绵。郁郁葱葱看未尽，迎面立壁仰危峦。此地名曰驼峰岭，逶迤巍峨一万年。扶栏拾级行栈道，蹭蹬渐入碧霄寒。不待吁吁匀气息，却惊峰杪漾晴澜。琉璃翡翠差可比，苍崖围臂享安然。小倚栏杆耳目憩，杳茫知道非人间。非人间即住神仙，曾经崩天裂地苦。当时熔熔岩浆喷，火河灼灼雷霆怒。树焦草燃禽兽逃，浓烟烈焰星辰煮。红流四溢铁石融，沉陷难唤女娲补。罡风呼啸卷狂飙，湿气蒸腾哀火雨。炼狱向来无昼夜，洪荒谁与淯寒暑。窅冥难起悲啼声，万灵瑟瑟阎罗惧。日月隐遁造物眠，方允惊悚魂魄附。纵然地心惶无主，未必天心坚如铁。终是世界分阴晴，夏被暖阳冬被雪。天教顽石化香泥，百年一勺覆残殁。一勺香泥一生灵，渐铺地衣渐张叶。窟窿泉雨积为湖，湖畔千寻松郁郁。忘忧草与芍药花，白白黄黄引蝴蝶。过此原能读海桑，陵谷推移每相接。北极东溟皆杳然，剩此嵯峨铭酷烈。足踏石敲蛇鬼穴，訇然地府响嗡嗡。敞衣摘帽浴爽气，神怡未及辨雌雄。曾知造物擅橐钥，毁立间成冶铸功。九千九百九十岁，颠覆涵濡道或同。再过九千九百岁，安知水火融与熔。此日声色皆宜我，姑循水踪觅火踪。我徙我倚我环顾，依偎大块仰穹窿。盘古去后愚公在，七彩七音起鸿蒙。

胡 彭

无风的深秋是北京的真美

无霜且少大风喧,秋色今年缓缓看。
山上枫栌山下槭,涌金叠锦演斑斓。

九秋韵奏第三章,大野无风草未霜。
什刹海头杨柳树,也并银杏炫金黄。

京城一夜大风雪凋尽银杏

金黄委地待人除,万树当风一夜枯。
骚客最怜颜色好,娇姿不敌岁寒初。

才说妆金色近妖,大风过处尔先凋。
未如杂沓槐杨树,向晚犹看翠叶招。

见湖上玉带桥怀念昔年日子

东皇颇不负新正,拂面春风缓缓生。
汤沐湖中双玉带,曾扶老父过桥行。

沛县汉城公园寻梅

已老松篁兀自青,廊桥临水瀣残冰。
小湖西岸茅橼外,红萼香燃奢侈风。

椒桂楸桐看若无,青牛观北竹之隅。
汉城空有花千树,搜到红梅只一株。

儿童乐园路边摊买了支外焦里嫩先煮后烤涂抹各种果酱酸奶芝士的黏玉米,且啃且赏景

雅态俗情难比高,曰长曰短任尘嚣。
自家老院无形象,斜倚修篁啃玉芨。

汤沐湖边很多石榴树,传说5月生人的幸运花是石榴

入目无端恼树头,红绡何不四时留。
昔年几度生辰会,照影曾经簪婉柔。

过湄洲天后宫遥瞻如意妈祖像

如水温柔入眼来,天妃身畔彩云开。
身持至善无关圣,人意潮音两自谐。

湄洲岛礼觐海上卧佛

波平得见佛温柔,细细涛声似带齁。
但说雷音曾一喝,狂澜万丈霍然收。

榆林红石峡观石刻漫漶有憾

雄石峡名留擘窠,后来补壁滥情多。
人功穷尽榆溪上,莫奈如刀岁月何。

无定河怀古

长河名字沉诗史,千古春闺梦在此。
毅魄怨魂偶化形,阳光跳跃山花紫。

高铁遇雨挂窗如丝帘

忽雨忽晴伴远行,云来云去似无情。
晦明大若人生路,际遇难猜又一程。

莫高窟一瞥

一瞥岂能知莫高,三危故事诱诗饕。
琵琶过顶反弹处,身外红尘皆可抛。

紫薇花开

麦月闰时候亦差,年中始见紫薇花。
一声叹息芳枝下,冷诵心经寒齿牙。

深种情根拔亦难,紫薇开处泪阑干。
连天霪雨黄昏后,人在江津第几滩。

酸风眸子昏而瞶,看尽纷纭浮世绘。
除却紫薇不与弹,琵琶语浸琵琶泪。

紫微星透紫微垣,若有人兮紫极间。
人世红尘劳指点,那年那月解缠绵。

紫薇花下紫薇郎,紫府微尘两感伤。
一卷说文看解析,分明忘字释心亡。

玉门关步月

汉长城上客衣单,月色溶溶天地寒。
断壁依稀蹲作虎,土人指是小方盘。

注:小方盘城,汉代玉门关的残迹。

端午苏北路上掠几影

农 田

金黄麦垄剩齐茬，碧翠棉田初抹芽。
庄户端阳恰芒种，离骚更不到伊家。

车窗外

所过乡野不知名，村女喧阗载艾行。
路转水弯人不见，石榴如火傍村生。

花房老农

荫棚半揭色轻奢，栀子新开白玉葩。
陌野老农何惬意，青杨树底卖盆花。

买西瓜

一掌拍开红带沙，汉高阙下好西瓜。
淋漓汁水呛喉舌，到底消磨暑热些。

过某路边村一笑

扯将口罩耳边悬，唾沫喷星吼破天。
外国已无稀罕物，土人村肆卖榴莲。

李广桃

青皮小果也称桃?摊贩揭筐先自豪。
入口香甜肥糯软,汁如醪醴质如膏。

与陈竹松会长留别

敦煌诗兴久骚然,一入敦煌半是仙。
足迹容留莫高窟,琵琶高举效飞天。

返京后夜来有雨

刷刷敲窗听作鼓,狂心入破胡旋舞。
平明笑看浥轻尘,此是阳关曲里雨。

注:入破,指起舞。唐大曲中,开始舞蹈的一节叫入破。

湄洲岛月下踏夜潮

尘世劳劳焦我头,忘形竟是在湄洲。
金沙滩上人行缓,棕榈风中灯照柔。
追梦期能如月满,亲潮恨不作鱼游。
一身痴懒偎妈祖,濯足沧浪冰魄浮。

武汉参加女子诗词论坛即席

三月人来柔若水，珞珈山下樱花美。
香枝摇曳逗莺忙，裙带卷舒撩雪起。
珍重春情祝汉阳，慢吹芳序嘱风姊。
年来心事此时平，解慰诗襟存善喜。

江南友人发来无锡香雪海视频，其美入骨。题之

乡思知我解无由，十万梅花寄案头。
指认果然香雪海，吟哦曾在绮山楼。
目之所及怜佳赏，情不能禁忆旧游。
二月江南春最好，宜携书卷坐芳洲。

中秋假日返江苏老家奉母过节

云南花饼软而香，新样毛衫来远疆。
月节至时欣有假，秋风起处小吹凉。
慈闱老渐诸情淡，白发霜深百色苍。
指点荧屏淘某宝，试将网购乐亲娘。

雨中长跑

许是天庭酾玉浆，道旁水湿木莲香。
纷纷影旋风牵扯，刷刷声齐叶紧张。
扑面味甘奇且诡，沾衣骨透薄而凉。
发间嘀嗒小狼狈，记起我家猫落汤。

陕西榆林清涧县高家洼塬放眼

凹者为洼凸者塬，登临足以小乾坤。
浅深绿意山无数，隐约黄河水一盆。
大美可凭驰望眼，恢宏直触到灵魂。
秦皇合与输文采，仗剑何如唱沁园。

注：高家洼塬位于榆林清涧县袁家沟，是《沁园春·雪》的诞生地。

榆林神木探访四千多年前石峁遗址

莫言西北皆黄土，一目居然穷万古。
叠石初瞻皇舆图，占山未识谁家祖。
髑髅献祭奠新基，简牍存疑究破釜。
解析龙形玉佩环，编年或领中华谱。

别河津诗友

黄河记得我曾来,来日紫薇花半开。
鲤脍老汾情具足,辞章彩绘兴犹怀。
京津路远难如约,款曲心通不用媒。
胜友龙门俱在梦,更求机会莫相催。

飞赴敦煌

春风不度秋风度,此地常劳魂梦驻。
铁马狂沙细柳营,香花锦带飞天步。
敦煌曲子唱凉州,伎乐琵琶弹法雨。
诗客诗心久跃然,今年今日踏云路。

说思念

思念为词重万钧,思于心底念于人。
世多叵奈终归命,汝若安然便是春。
漠漠云烟湮既往,沉沉日月入浑沦。
拍肩一喝忽明白,蓬岛无舟莫问津。

说倾心

令我倾心世已无,更兼岁月益悭如。
偶充深夏穷蝉响,不舍苍岩老柏孤。
一卷旧诗封尔汝,半池宿墨写糊涂。
灵台明镜常揩拭,到底空于混沌初。

清明悼亡

杏粉桃妆色未匀,芳华转瞬落随尘。
三千世界幽魂渺,廿四桥头断梦真。
旧景不成青筱曲,清容只在小梅身。
人间此日飞红萼,寄托哀思又一春。

注：青筱，昔年所蓄洞箫的名字。

自拟樱斋联

相忆春衫如雪色一霎花间小梦半屏篊竹猗猗不思议西湖能瘦明月能分隋堤迤逦处吟成翡翠摇杨柳；
堪嗟冰树若樱林卅年笛里光阴四面蒹葭采采总关情楚客离骚汉姬离恨故纸模糊中泪下胭脂染帔巾。

忆王孙·虎年人日金陵好大雪急问梅花消息

琼花落处看纷纷,嚣市华都失本真,宜备红炉煮早春。问使君,有否梅花枝上新?

立冬和蒋公定之《鹧鸪天》,时北京大风雪中

匝地金黄碎叶横,漫天狂雪乱风生。宣威似告严冬莅,萧瑟顷教寒意增。　深闭户,慢成行,遥怜去雁在云程。九霄朔气应尤疾,逸羽飞高慎勿惊。

玉楼春·早春咏腊梅

若寒若暖伊知早,噙雪一枝妆镜晓。悠悠看似铎铃轻,淡淡来如香篆袅。　此身合共顽冰老,此地长留春梦好。动人颜色不须多,占尽风流何恨少。

减字木兰花·见道边丁香芽知春来寄江南

一冬混沌,误了官梅红萼信。正恨春迟,却见新芽点嫩枝。　去年故事,笑说京中朱或紫。忽念橙花,应是香吹十万家。

鹧鸪天·过三峡咏怀，时在宜昌

夹岸木莲香渐浓，满城梅雨减春容。波平坝上无穷里，船过峡江最末重。　　形踽踽，影珑珑，古桥深涧听淙淙。三游洞外踌躇也，人在荆西心在东。

鹧鸪天·端午寄武汉

逆水抟风信有方，人情国势共飞扬。但看高架依绝险，传是神农辟秽荒。　　沧海阔，大江长，烟波一苇渡心航。耕耘自得耕耘乐，梅子黄时麦子黄。

洞仙歌·辛丑春节读南京子川君庚子吟稿

藻华堪咀！渐眼花缭乱，片玉流珠作星璨。忘新正、爆竹盈耳摇窗；耽宿醉、八十一章吟遍。最爱金陵道，播火传薪，代有才人领高翰。大梦梦红楼，巨擘春秋；留多少、彩缯绘绢。又添得、半瓮米兰开；更几上、瓶梅腊枝仍绽。

注：半瓮米兰开、几上瓶梅仍绽，二句均来自子川君诗作。

临江仙·赴南京参加省诗协换届大会，离开南京25年矣

瑞兆应时逢小雪，悠悠雁字南回。水西门外故人归。有风吹雨细，有酒醉心扉。　　见说钟山红叶好，重来更觉依依。相看莞尔忆当时。诗情遮不得，放与早霞飞。

水调歌头·与荆门采风众词长泛舟漳河应命作水调忽念河南亦有漳河

此亦漳河水？恍惚旧曾游。楼船一样如梦，载我泛清流。满目橙黄橘绿，更有菊汀枫渶，占尽楚天秋。飞白荻花老，点翠鸭头浮。　　远来雁，争眷恋，也啾啾。是曾相识？多半懵懂认中州。莫论孰亲孰密，莫问江南江北，一样系吟舟。一样漳河上，闲弄钓诗钩。

定风波·得宁海枇杷寄园主叶国秀

一粒金丸一粒奢，一时记起美年华。曾也江南秋色里，香细，枇杷花下拨琵琶。　　二十余年南到北，过客，乡思渐老渐无涯。冷链到家心愿足，小酤，琵琶声里剥枇杷。

三姝媚·敦煌看人扮汉将军执戟吼"不破楼兰终不还"

楼兰沉久矣！剩漫漫黄沙，渺无边际。縠绉新平，又被风旋起，踏波随履。疏勒荒烟，萦汉垒、其名还是。示警烽台，拒敌关楼，可怜都毁。　　古道西风凄厉。掩壮士刀弓，帝王符玺。佛窟多情，画节旄高簇，汉家天使。青海长云，遥望处、诗心如炽。一卷沧桑，最怀边塞，最伤变徵。

注：变徵，中国古音乐术语。其为主音的乐曲，凄怆悲凉，催人泪下。

尾犯·初至永嘉书院居楠溪江边林间树屋见上弦月怀人

月上竹梢头,风淡云轻,光影明灭。除却溪声,万象如无物。山笼黛、高深莫测;桂阴凉,冷香掇骨。伊人何在?只恐江城,秋夜孤寒彻。　　帝陵曾共谒,与看指尖红叶。一叹如花,再叹繁华歇。但絮语、声犹盈耳,转瞬又、翻成契阔。心期来日,一盏新酿倾情说。

尾　犯

玉门关小方盘城遗址,残垣断壁下遇红衣汉装女鼓筝,问:可《阳关三叠》否?曰:可。于是试合音高,随筝曲而歌之:"清和节当春,渭城朝雨浥轻尘……"敦煌之行,至此尽意矣!

朝雨浥轻尘,一曲渭城,千古心折。垂柳长亭,正依依伤别。西去路、行人渐远;灞桥边、春风薄劣。黯然情绪,欲诉琵琶,凤尾难为拨。　　入眸何契阔,朔漠汉关胡月。刻羽流商,绕荒台孤绝。抚雁柱、思追摩诘;惜红衣、身如梦蝶。冰弦试合,三叠阳关悠悠说。

注:1.薄劣:薄情。2.凤尾:唐代琵琶使用的拨子,形状类似雀尾。3.刻羽流商:指细腻清婉的音乐。羽音和商音都是古音乐术语,相当于6音和2音,风格属婉约小调。4.雁柱:古筝上的琴码。支撑琴弦调整音高用。

与子侄辈讲解古音乐基本知识有慨

檀板琵琶与曲笛，嗟哉侄辈不能识。与翻故纸问宫商，撇口暴牙哼唧唧。可惜诗书老黉堂，祖公门客从如鲫。当时文笔贯苏中，品竹弹丝俱本色。胡不从容习此玩？香兰文竹通教墨！于今碌碌竞庸尘，虚火逼人亦自逼。媚俗牺牲失所珍，青春僵硬殊非值。韶年不辨叨来咪，七窍懵懵茅草塞。我欲教之愧不胜，旋宫律吕难为式。但将工尺说分明，乐府迷津决魅惑。力有余时或习之，赏心不必专其职。七情壅阻断肝肠，响板一声驱鬼蜮。宁有种乎苏祗婆，等闲莫教唐音息。琵琶弦上万般情，悲怨尽兮欢乐极。

梦游荆门钟祥大口国家森林公园三十韵

骚客访钟祥，游人说大口。森林蔽日天，溪涧缘皋阜。惜我小闲无，幸而清梦有。堪堪倚画屏，踽踽随心走。压岸木芙蓉，娇容初醉酒。迎车竹叶桃，碧色欺风柳。积石作门楣，赫然字如斗。划岩充级梯，莞尔云缠手。第一九层溪，层层落堀臼。次其双叠池，叠叠欢蝌蚪。水下树横陈，裸根成老朽。林间叶锦斓，筛日为丝绺。有鸟听如簧，有兰看似韭。有僧形近仙，有石蹲同狗。大寺通天台，危桥接地薮。流云带雨来，野果和香取。绝顶立茅亭，驰眸生抖擞。半山闻法钟，合十清尘垢。木魅与花妖，唧唧窥左右。诗魔共酒魑，窃窃侵辰酉。鼓瑟坐湘灵，传花击铁缶。向之鬼与神，一笑朋还友。白浅出青丘，绿浓邀太守。相看当有诗，不咏遗其咎。索句急难工，得文惭好丑。思艰忽赧颜，面热同红藕。结舌状非常，挥毫风掣肘。恍然大梦醒，月照燕京牖。何日更相期，荆门重一叩。相携天地间，此意君知否？

【南仙吕入双调·朝元歌】别后

　　山边水边，是你长嗟叹，花前月前，有我长思念。瘦影孤单，清容如见，总着人愁上眉尖。朔气吹寒，相别难一如相见难。风雪下江南，寒潮笼汉川，料应是如刀如剑。山高水远，说不悬念，能不悬念？

　　【前腔】朱弦碧弦，拧作相思线；紧弹慢弹，都是长亭怨。鹊羽斑斓，神仙姻眷，行不到广寒宫殿。海上月圆，一片清辉寂寞天。甚千里共婵娟，恰静中思绪缠。好景儿添烦添乱。增增减减，才圆期盼，又生期盼。

　　【前腔】这般那般，道理百千万。此间彼间，生死只一线。肘后膏丹，岐黄饮片，千金方医得疾顽。休要摧残，夙夜辛勤拼命三。四库大全，文津万卷，他都是功夫熬炼。常言道事急则缓，不争快慢，莫争快慢。

　　【前腔】人间世间，总望春风渐，砚田心田，早是温柔遍。便生关死关，情关恨关，撒手处有甚为难？泪莫轻弹，休得无情将自己挽。有松柏傲严寒，有梅花红欲燃。曲未终诗魂不散。苍天有眼，盼遂人愿，能遂人愿。

雨 骚

电视中看两湖两江大雨成灾，辗转悲怆，乃制楚歌寄思。

吾有思兮江之湄，七月灿烂兮紫薇开。张吴丝兮调楚簧，乐君子兮凤凰台。汀之兰兮芳菲，天之水兮忽来。浩汤汤兮一霎，漫田田兮悲摧。豪雨作势兮无休止，连江入吴兮一泻千里。掩乡庐兮十万，欲相阻兮不可为。心煎煎兮人莫知，安得长戈兮决龙子。哀彼为神兮骄不受死，恣肆暴戾兮以至如此！愧大都兮风水信美，远荧屏兮意懒神颓。青青兮子衿，悠悠兮我心，望大江兮，意斯梦兮！

【韩诗汉译】骚体·奶

原作：韩国都钟焕

2008年5.12汶川地震，有一位女警察，她在地震后的一片废墟中，发现一个小婴儿，在众目睽睽之下，她不顾个人形象，给小婴儿喂奶。这个镜头感动了很多人。韩国诗人都钟焕为此写了一首情深意挚的诗《奶》。

甘甜温暖，玉晶莹兮。哺天乳地，万物生兮。野有新芽，啜甘露兮。稚拙茁壮，英挺不屈兮。彼婴儿兮，莫号啕兮。

天崩地摧，裂家园兮。绿水青山，倾且圮兮。家之既毁，父母乖兮。闻声救苦，八方人来兮。彼婴儿兮，莫号啕兮。

有女有女，仙之属兮。将儿在怀，背轻抚兮。抚之乳之，容有依兮。悯之爱之，母仪天下兮。彼婴儿兮，莫号啕兮。

【双调·蝶恋花】散曲工委锡林郭勒散曲大会畅想

紫禁城头骋望目，塞上风来，道是锡林牧。碧海蓝天清澈骨，蓝天高处苍鹰举。

【乔牌儿】叮叮的盅碗舞，静静的白云驻。察哈尔长调悠悠度，沁人魂滋味足。

【金娥神曲】穹幕，玉宇。平野阔牛羊群聚。得得的健儿宝驹，潺潺的的流水宛曲。峣峣的旗杆直竖。

【幺篇第一】征夫，都护，想见他铁衣执殳，想见他轻骑跋扈，想见他飞檄擂鼓，想见他生杀歌哭。

【幺篇第二】可汗，皇族，也都是佼佼人物。留多少金元掌故。一时间难勘好恶。射雕处、混沌着鲜卑羯胡，俱往矣、却常在荧屏偶遇。

【幺篇第三】上都，荒垣废墟，绿波澜风慢拂。大都，风雷龙驭，拥金銮天下谋。热土，中华儿女，五千年吾共汝。

【离亭宴带歇指煞】正蓝旗威猛名昭著，金莲川好景神仙妒。不知名青山铁铸。古战场葬单于，马背上逐秦鹿，新时代安黎庶。千年烽火台，万里连天绿。便宜了文朋曲侣。将过来唐兀歹也不罗，着什么雕剌鸡鹘打兔？做甚的摩诃罗者剌古？是当时胡音翻汉音，致如今曲语杂蒙语。一窝儿团丝乱缕。来此觅马头琴，解迷津元散曲。

注：唐兀歹以下三句，都是散曲蒙语音译曲牌名。

【正宫·端正好】荆门白云楼参吕洞宾寄怀

倚青龙，擎华盖，拂烟霞，步步云阶。纯阳遗迹虔诚拜，扭作出尘态。

【滚绣球】进此门，登此台。天不高包藏三界，地不大看遍兴衰。揽白云，拭碧埃，且不说宝笈金册，须认得古洞铭牌。恁多人熙熙攘攘烧香去，闹闹哄哄许愿来。不亦嗟哉！

【倘秀才】青山上苍松翠柏，鼎炉内香风瑞霭。黑脸的神仙烟火炱。想当日黄粱炊未熟，惊破了功名大梦乖。作成个神仙也波秀才。

【滚绣球】御宇寰，执黑白。囫囵了须弥草芥，掌握着过去未来。扶困厄，禳祸灾。忙煞了八仙十怪，度脱了浊骨凡胎。九江烟水遗泽老，一笛梅花鹤翼开。大自在形骸。

【倘秀才】人说他贪杯好色，人说他乾坤覆载。他担着显化随缘济世的差。曩日名成诗、剑、酒，而今景剩洞、楼、台。减了气魄。

【醉太平】求聚财何如散财？放不开何不放开？神仙不救自家衰，无该不该。聪明的常受聪明害，痴情的欠下痴情债，逞强的多是逞强上栽。这都是贪心不改。

【尾声】最羡他倾杯醉岳阳，不度俺扫花侍玉阶。做不成潇洒仙侠客，勘不破人间幻情海。

【仙吕·八声甘州】萧山义桥镇三江口雨中

富春卷首,渔浦滩头,别样风流。适来江畔,恰正烟雨初收。目断钱塘天外天,韵胜西湖楼外楼。画儿般墨淡云柔,天水悠悠。

【六幺遍】觉来美,吟来透,孟浩然曾惜别,陆放翁也长讴。乾坤一色,天然卷轴,辣眼睛白鹭偏迤逗。凝眸,三江口回护碧螺洲。

【穿窗月】翩翩的几点浮鸥,乐追逐垂钓舟。不期风雨来得骤,一霎里风揭了伞,雨湿了头。水珠儿滴答发梢儿溜。

【元和令】那渔翁下了钩,横了橹笼着袖。惯经风雨半瞑眸,一江秋独自守。看他意态甚悠游,反笑咱为赋新词强说愁。

【幺篇】兴上来喜雨稠,情不禁跟风吼,哥哥你大胆往前走,醉倒九月九。快活随处放歌喉,畅好是万类霜天竞自由。

【赚尾】吴越风情撩人口,一处处味醇如酒。更一抹蓝天景新秀,几声钟、度花穿柳。唱道同气相求,则便与浙东山水约勾留。纵去休,两千里相思梦儿中候。

何 鹤

秋 景

风叶冷飕飕,村姑汗水流。
挥镰割月色,放倒北山秋。

韩王谷栈道

得意忘形处,离天咫尺遥。
脚跟宜立稳,千万不能飘。

树 墙

知君本是栋梁材,可叹原非当树栽。
置在街前添一景,出头自有剪刀来。

村头偶感

依稀村路系青山,蝶舞莺飞忆旧年。
环顾当初幽会地,株株小树已参天。

家乡即景

牛车款款小村还,鞭打枝头月未眠。
满载春天希望走,夫妻灯下卸丰年。

北海漫步

携手游园北海滨,疏枝嫩蕾趁行云。
聊将情匿桃林里,结个春天赠与君。

乘地铁

浪迹京华谁问津,何堪铁甲塞红尘。
绝知欲畅平生路,还要甘当人下人。

榆林飞返北京

云海茫茫自在行,仙凡两界辨难清。
机身抖动缘何事,天路原来也不平。

搬　家

芳邻挥手笑春风,我在花明柳暗中。
此去难言身是客,乔迁不过换房东。

放鹤亭咏鹤

久寄樊篱梦未遥,聊凭片水认云高。
从容敛翅听风雨,只为冲天惜羽毛。

参观北海九龙壁

王气从来变数多,吞云吐雾又如何。
宏图休向琉璃看,龙嘴已成麻雀窝。

海王子之夜

休言无处觅诗材,将扇心门对海开。
一觉醒来回首望,潮头涨到梦中来。

丁酉初六老友小聚

何堪华发鬓边生,回首一弯新月明。
往事已然成故事,友情经久作亲情。

世象戏解

休言善恶渐难分,脚本从来假亦真。
剥去伪装观仔细,大家都是剧中人。

镇江心湖公园摩天轮

倒影湖心天地开,仰观高位近瑶台。
从来风水轮流转,不信谁能不下来。

赴达州机上偶成

聊将诗兴壮情怀,五岳三山笔底来。
跃上云头朝下看,人间都是小题材。

天人菊

初日遥横天尽头,云霞明艳自风流。
百般红紫终将落,褪去繁华是个球。

陈胜墓

千秋荒塚问谁怜,芒砀山深横暮烟。
莫道草民如顺水,逼它无路可吞天。

过苏小小墓

山青水碧一番新,西子湖边小市民。
犹羡前朝苏小小,不知秋瑾是何人。

雨中公交车放《心雨》

因风槐影乱，花伞傍云帷。
一路听心雨，不知该想谁。

鄂州博物馆观铜镜

不辞千载后，抚拭认前朝。
绿锈磨将去，依然可照妖。

临别赠言

一夜江声随梦驰，古城月色几人知。
何堪华发新生早，未到别时思聚时。

《中国新古体诗》首发式

诗海淘沙大浪中，群龙摆尾舞金风。
缠头箍紧应抛却，都想变成孙悟空。

茅山老子巨像掌心马蜂窝

千秋修炼耐消磨，大道能通原不多。
老子绝非无底线，劝君休捅马蜂窝。

生日天津观海

滩头踏浪漫徘徊,放眼云天境界开。
蓄势大潮知后撤,明朝注定要重来。

路

频回微信过西单,踏雪寻春近大年。
杨柳当途犹叵测,都门一步不能偏。

定慧公园

缓步丛中久,怜香岂可迷。
桃花幽径外,春水小桥西。
但向云高卧,且由莺乱啼。
凭栏观物趣,柳影漫长堤。

春到黄龙府

缓步南山翠掩晴,无边秀色到胡城。
漫观风舔草芽绿,独爱霞依花蕾明。
一树黄昏沾鸟语,几丝垂柳钓蛙声。
牧鹅少女河弯处,坐看春潮旋转行。

初到学会上班

窗前挥手彩云高,纵目新晴一望遥。
槐老皈依白塔寺,车流淹没太平桥。
半城楼影裁诗卷,十里莺声缠柳条。
毕竟重山挡不住,春潮滚滚共心潮。

上班路上

细雨遥闻春到家,昨宵私自下天涯。
运河背上层层雾,垂柳肩头淡淡纱。
数里禅音白塔寺,此时心境玉兰花。
绝知前面风光好,回首楼头一片霞。

马年二月二

雨后京华宜纵眸,惠风款款上层楼。
诗中岁月平兼仄,笔底烟云放且收。
策马谁能停住脚,非龙我也要抬头。
期圆国梦春天里,曙色初开照九州。

初登鹳雀楼有记

名楼久仰始登攀,鹳雀无踪寻旧篇。
九曲波涛横万里,几行诗句立千年。
心高应览群山小,路窄须争一步先。
绝顶风光堪纵目,襟怀国梦到云天。

北京赴海口机上

万里回眸弹指间,置身空阔览晴烟。
俗心淡处浮尘静,慧眼量时初日圆。
在旅途人云作路,乘追风马翼横天。
群山俯首铺千里,诗兴潮来又一篇。

春分日回杨庄偶感

杏花满眼到杨庄,此日休言短与长。
听鸟语穿明暗柳,驾春风入小平房。
沉沉寒夜增中减,淡淡清茶苦后香。
那点浮云何所惧,明天依旧浣朝阳。

清 夜

诗海无涯逐浪吟，久经风雨未消沉。
看潮涨落凭谁弄，任桨横斜难自禁。
隐隐一弯清月梦，茫茫千里故乡心。
鬓边白发依稀在，过往青春何处寻。

八年有记

霞染云楼第九层，凭高纵目览新晴。
雪将褪色难留迹，柳已萌芽未作声。
驱雾风随诗浩荡，寻春路赖梦支撑。
八年回首知非易，要向燕山顶上行。

北 漂

孤寂情怀野鹤身，翩翩白羽许征尘。
已倾笔底三分墨，难染天涯一片春。
诗意忽随云影淡，乡愁每与月牙新。
枕边犹恨莺声早，扰了寻归梦里人。

诗中岁月

无关冷暖漫奔波,往事回眸一首歌。
客梦频频春色老,乡愁隐隐雁声多。
恨风流句能成癖,让性情人常入魔。
笔走都门朝复暮,平生最怕是蹉跎。

感　事

把卷何妨洗眼睛,拨云寻道一时清。
无边好景应嫌少,半点贪心犹恨生。
处世还须真厚道,为人莫耍小聪明。
得便宜即便宜否?福祸从来相伴行。

下班路上有作

朝往暮还从未迟,长安街上夜参差。
他乡辗转十余载,每日消磨四小时。
方外垂竿常自醒,指间寻道复谁知。
回眸隔岸听涛处,一抹鹅黄抚柳丝。

通州闲咏

醒来梦境已封尘,过往何须谁问津。
站位无关高大上,填词不避小清新。
放开眼界宜行世,立定脚跟堪做人。
检点平生应笑慰,久经磨难剩天真。

灯节后一日

经年往事任浮沉,喜鹊声中春自深。
但向花方开处赏,休于酒未醉时吟。
江湖难测唯缄口,岁月如流要守心。
漫道桃源遥似梦,扁舟一叶总堪寻。

春到香山

草长莺飞又一轮,香山雨后日初新。
枝头好句凭谁晒,笔底清风犹自珍。
为续太平桥下梦,来赊定慧寺东春。
堤边回首波光远,杏蕾含羞柳色匀。

天时名苑赏杏

重归名苑觅芳姿，听鹊声中猎艳迟。
小径自能春烂漫，南园谁忆雨参差。
最难此际拈花手，犹向去年寻梦枝。
蝶影穿梭香雪海，烟霞深浅应天时。

河边观捕鱼有记

风梳杨柳影参差，初试春波岂肯迟。
吞下金钩由自取，张开天网复谁知。
平安总在边缘处，好运常随低调时。
莫为诗情遮望眼，堤边光景要深思。

戊戌夏至

流年漫解总无凭，骑辆单车逛北京。
小路蜿蜒通大路，东城穿越到西城。
坊间迷雾来还去，梦里香山阴复晴。
初日徐徐诗兴起，置身柳浪好听莺。

忆长安街单车遇险

长街横逛日当空，任性何妨睡意浓。
气盛但行千里路，劫来不过半分钟。
难能处变停摇摆，最是居安戒放松。
满眼金星天地转，诗中平仄可从容？

牛年正月初一

孺子牛须俯首行，些些宠辱总堪轻。
从前稿纸当宣纸，到此诗名借画名。
好运待交人易老，苦功不下梦难成。
河西无语藏春色，喜鹊枝头三两声。

牛年正月十五

伏案挥毫积墨痕，东风染色往来频。
聊将旧梦编成卷，哪有闲心算计人。
回首原非磨难少，平生未改性情真。
画圆乍暖还寒月，且任流年又一轮。

辛丑春日偶得

都门辗转客东城，已惯诗坛作嫁名。
楼外梧桐花渐紫，桥头锣鼓巷初晴。
寻幽何必贪春色，戒噪无关听鸟声。
一角偏安翻岁月，能屈心态自然平。

湄洲湾

放眼湄洲天渐明，谁从鹅尾觅山盟。
望中帆影扁舟远，噪后沙滩昨夜平。
云梦醒时频染色，海潮落处已无声。
捞虾捉蟹携真趣，初日徐徐随我行。

辛丑重阳

挥汗淘金久，从来作嫁忙。
流年唯炼句，异域每思乡。
纵使初心在，何堪白发长。
回眸还是我，棱角已磨光。

雪漫情人节

一束玫瑰一束春,云笺鸿爪自留痕。
闲开窗户通些气,且让尘心降点温。
平仄悠悠诗岁月,晶莹片片雪乾坤。
满头白发参差句,染上相思有几根?

年初踏雪

遥听喜鹊两三声,玉树琼枝迷眼睛。
岁月悠悠堪寂寞,乾坤朗朗自分明。
纵横一路诗颜色,检点平生雪性情。
寻梦异乡何处是,澄怀观道且徐行。

东四街道八条社区52号

西北近邻兵马司,重归堪忘早还迟。
旧巢燕子斜飞处,小巷槐花新落时。
眼底古今云聚散,城东往返雨参差。
经年作嫁浑如梦,无愧于心唯自知。

浣溪沙·临淄石佛堂生态蔬菜园

诗意渐从温室浓,无须泥土亦葱茏。枝头约梦嫁东风。春色移情新蕾上,阳光漫步大棚中。小词沾上草莓红。

浣溪沙·感春

乍暖还寒遗冻痕,闲翻过往辨难真。草萌柳软杏花亲。要静下心非易事,能沉住气又何人。须从物外认初春。

临江仙·观牡丹亭

大幕徐开真亦幻,灯光欲暗还明。小桥流水晚风轻。为寻汤显祖,来看牡丹亭。　　世道休言今复古,从来演绎无凭。悲欢总赖梦支撑。人生原是戏,戏里品人生。

临江仙·聊天

别过都门晴转雨,两条铁轨修长。初开微信正斜阳:内衣需保暖,天气有些凉。　　截取视频千里外,一屏烟水迷茫。异乡无异在家乡:冷还能咋冷,毕竟是南方。

临江仙·温州返京

又是横空千里外，一轮新月高悬。视频开到起飞前。与君相对久，欲语又无言。　　老调重弹犹感动，秋深注意防寒。途中尽可忘忧欢。静心多睡觉，落地报平安。

清平乐·雅丹地貌

劫痕几许，历尽风兼雨。前世今生休问取，掠过浮光一缕。　　茫茫戈壁无涯，放荒多少年华。了悟人生渺小，不如一粒飞沙。

菩萨蛮·敦煌壁画

谁将五彩编成梦，曾经千载犹飞动。古调几根弦，琵琶能反弹。　　凝眸知暗示，因果寻常事。菩萨下凡尘，可怜难度人。

临江仙·庚子重阳

九月又逢初九日，运河西岸初凉。流云一朵过重阳。若添些淡定，便少点清狂。　　白发行吟回首处，是非对错无妨。秋来笔底雁成行。诗心宜朴素，岁月喜平常。

临江仙·夜访长江

初到鄂州今又是,置身云水之间。无妨对岸作遥观。听潮声远近,入夜色斑斓。　　徒步长堤回首处,满城灯火依然。枝头杨柳印秋蝉。为谁千里外,待月大江边。

青云山放歌

青云湖畔听风啸,懒向湖光留晚照。纵目云中那座峰,欲收笔底作诗料。烟波浩渺接天屏,心随对岸一峰青。倘于眼底失交臂,扼腕他年谁与听。转过长堤数道弯,诗情飞上青云山。青云山上难平步,穿岩走壁只等闲。茫茫天地归一线,鸟迹人踪皆不见。也拟聊发少年狂,汗水淋漓不知倦。夕阳向右路向左,山风过处石尽裸。始信峰高无坦途,石缝侧身浑忘我。路转峰回总无凭,欲寻捷径尤不应。峭壁当头频俯首,跃上青云又一层。欣然极顶回首初,一座青山一卷书。花花草草皆字句,字字句句我不如。披星戴月痴如此,独立苍茫谁得似。我逢青山如梦中,料山见我应如是。

黄山歌

五岳归来凝思久,欲上黄山走一走。梦里时见黄山黄,便知黄山是我友。西海峡深默无言,神工鬼斧劈山川。何处群峰争赴壑,云端高矗欲擎天。天外石来栽山头,摇摇欲坠鬼见愁。飞石脚下云忽起,疑是仙人踏云游。俯仰之间树何盛，莫向危岩说斜正。岩缝经年扎根难，立命全凭骨头硬。乱云深处山有无，何来一峰插天都。天都峰下天一线，松隐龙蛇避江湖。文殊洞外觅真容，真容锁进天都峰。奈是世间骚客至，四海传名迎客松。天都一自峰迎客，身登大雅名赫赫。世人拼死未传名，一松破石垂史册。山路崎岖奋力登，壁峭崖悬每心惊。一脚偏虚魂欲断，犹羡松鼠枝头行。路尽清溪愈深沉，风生万壑啸空林。峰回路转秋烟外，侧倚枯藤听泉音。山戴莲花佛附体，佛光万道冲天起。佛心自古向天心，欲渡游人红尘里。山风过处云初开，一轮初日照天台。天台一览众山小，光明顶上我初来。千峰万壑不胜多，落下一峰又如何。望尽七十二峰后，听我一曲黄山歌。

思母日记

那年三月二十九，杏花半开小村口。草青草黄过九旬，红尘永别难回首。回首从头慢拾遗，出生故地前郭旗。三岁裹足成小脚，或许童年也顽皮。娘家本是佃户身，犹赖扛活养家人。当时重男自轻女，幸有俗名冯国珍。贫家谈婚论嫁早，结亲重在家风好。聘礼已然过两回，缝制红鞋红棉袄。拜天拜地乐融融，窗花喜字蜡烛红。可怜洞房幔帐暗，晨起始得见老公。一见老公恨媒婆，不觉失声泪如梭。远嫁他乡原望好，眼前一个小罗锅。听天由命凭摆布，侍奉公婆操家务。谨小慎微妯娌间，向来不敢言与怒。时值国民不聊生，胡子外加日本兵。鼠疫过后尸横野，人人自危盼天明。饥寒交迫乞平安，斗转星移似流年。儿女成群一家子，艰难度日少吃穿。炕席织到一两点，煤油灯熏黑了脸。日久落得风湿症，埋头劳作尚节俭。起早贪黑无尽头，除去温饱又何求。眼睛盯着下锅米，菜里零星是猪油。关外天冷最难挨，一到秋天便拾柴。寸草尽作稀罕物，为抵严冬早安排。十指弯弯谁怜悯，吃苦耐劳唯隐忍。母爱从来大过天，儿女成人最要紧。女人最怕嫁错夫，注定前程无坦途。半生坎坷何堪受，拼死拼活只为奴。三间低矮土坯房，围着锅台终日忙。六十年来弹指过，独撑家门品炎凉。两儿尚小何所欲，冬雪茫茫春草绿。苦尽甘来日子甜，枝繁叶茂得延续。从前苦难作烟云，欣看儿孙一大群。三餐鱼肉白米饭，天天过年成旧闻。勤持家务未肯闲，满头白发衬苍颜。寻常日子平淡过，岁月悠悠去不还。半身不遂失风采，卧床不觉两三载。一日无常万事休，青松立处多感慨。想见当时雨霏霏，抑或夕阳逢斜晖。尽孝养老皆空话，送终时候我未归。闯荡江湖走天涯，能立身处权作家。遥向关东犹自愧，行文今日祭老妈。

张亚东

杂志社重回学会办公

辞别喧闹地,回到静宁中。
口罩紧贴面,难当诗味浓。

谒刘伯承元帅墓

英雄浴血地,昂然立青峰。
淅沥蹒跚路,回头已放晴。

国庆前夕高铁上闻孟晚舟归国

河岭正葱郁,轻舟已启航。
一时黑短暂,转又赤旗扬。

《十四五时期中华诗词发展规划》感赋

天高接海阔,静巷展蓝图。
灯塔照前路,扬帆浪里逐。

咏　竹

褴褛中倔强，新枝高老枝。
任他霜雨夜，依旧向天直。

参观西柏坡

静谧小山村，誓言干五云。
雄兵磨盘布，土室定乾坤。

去西柏坡路上

麦田葱郁到天边，澎湃心潮一路观。
旭日晨风助行色，抬头已见太行山。

刘征老九五大寿

大美江山正苍郁，又逢华诞念容音。
诗情常伴激情在，再见仍然年少心。

端午回家路上作

暮色连着麦浪尾，老爹背上儿酣睡。
踏足万水与千山，那段回家路最美。

听闻京战老师逝世

那年初识太平桥,教诲慈音涌似潮。
文笔功勋名宇内,天堂亦要大诗豪。

游湘湖

桥接绿柳山迷雾,碧水柔柔细雨纷。
舟畔一只白鹭过,唤出静坐画中人。

庚楼赏月

轻风垂柳吻额柔,明月引人登鼓楼。
聚少离多总牵绊,才知相守最心头。

参观新坝村古牌坊

影横石壁几深沉,曲径身轻古意寻。
雨刻风雕三百载,初心不改写忠贞。

贺演艺界诗词工作委员会成立

荧幕铺陈千百态,笔耕诗写大情怀。
而今共绘新规划,尽展翅翎碧宇开。

贺中华诗词学会网站改版

喜闻改版速刷屏，扑面春风吟旆红。
网络诗山千岭翠，只需一指到高峰。

远眺敦煌雅丹

烟迷戈壁古沙场，百万雄师细柳营。
凛凛西风萧飒过，恐惊帐下枕枪兵。

鸣沙山月牙泉

满眼金沙波浩渺，如何新月在其中？
抬头几束夕辉至，接引瑶池玉液清。

新春雅集分韵"天"字

京城雪落峭寒天，聚坐铜炉笑语喧。
待到春风荣草木，再斟杯酒庆丰年。

王 文

参观导弹营

地冻冰寒练武忙,英姿飒爽守国防。
地空导弹腾云起,战士如钢斗志昂。

参观杨家岭有感

革命先驱洒热血,世世代代永流传。
艰苦奋斗游击战,造福后代幸福船。

参观燃气站有感

小小燃气送万家,造福百姓全靠它。
寒冬腊月送温暖,人人心里乐开花。

节约感怀

淡饭粗茶思长辈,丰衣足食话当今。
铺张到底非国策,记取节约要入心。

虎豹口

壮举惊天还动地,三军血热号声寒。
万千英烈征西去,激励来人永向前。

《十四五时期中华诗词发展规划》发布

四海张开奋进帆,八方擂起复兴鼓。
诗词今日展蓝图,芳草鲜花争媚妩。

郑 欣

年末雅局

岁末禾嘉聚,躬逢尽俊贤。
诗园抬眼望,红紫绽千千。

敦煌印象

隐隐将军催号角,高风远树碧蓝天。
胡沙万里无踪迹,盛世敦煌已美颜。

月牙泉写意

玉门万里归来后,濯洗心情照月牙。
满腹凌云拿日志,半留疆场半成沙。

《中华诗词》年谱

何 鹤

一、编务部分

创刊伊始

1994年7月15日，《中华诗词》创刊号出版。《〈中华诗词〉创刊座谈纪要》："中华诗词学会于5月6日在煤炭部多功能厅召开了创刊座谈会。副会长张报、张璋、汪普庆，老诗人、教授、专家、学者陈贻焮、林从龙、李锐、乐时鸣、毛大风、梁东、姚普、王吉友、田俊江、段文钰、王澍、洪锡祺、吴报鸿及新闻界人士张常海、张结、吴学林、马力、刘文卉等20余人到会。座谈会由副会长兼秘书长孙轶青主持。刘征强调办刊质量问题。周笃文汇报了创刊筹备工作。李锐认为："学会办刊物很重要，没有刊物就没有维系全国诗界的东西，对国外联系也不方便。"

《发刊词》说，《中华诗词》的编辑方针主要是：诗词作品与理论文章并重，普及与提高结合，在继承的基础上进行改革创新。我们力求把《中华诗词》办得情文并茂、雅俗共赏，成为优秀诗词的园地、学术研讨的论坛、联系群众的纽带和促进海峡两岸人民以及国际诗艺交流的桥梁。

刊名确定

创刊号《〈中华诗词〉创刊座谈纪要》：中华诗词学会自1987年成立以来即酝酿出版会刊《中华诗词》。

刊物属性

《中华诗词》创刊号《发刊词》：《中华诗词》是中华诗词学会的会刊，是以振兴传统诗词为宗旨，向诗词界和人民大众公开发行的诗词杂志。

刊名题字

自创刊号始，一直采用赵朴初先生题写的"中华诗词"四个字。

刊号申请

创刊号《〈中华诗词〉创刊座谈纪要》：1994年1月27日，《中华诗词》正式刊号下达。(国内刊号：ISSN1007-4570；国际刊号：CN11-3453/I；邮发代号：82-827)

合作办刊

1996—2009年期间，《中华诗词》先后由"中华文学基金会""兖州矿业集团有限责任公司""深圳特区报"协办。

刊期调整

《中华诗词》自创刊至今，从季刊到半月到月刊调整了三次。详见下表：

刊期	年份
季刊	1994—1996（1994年，因创刊时为下半年，所以只出了2期。）
半月刊	1997—2002
月刊	2003—2022

装订改进

1994年创刊到2002年，采用的是骑马式装订，即两个书钉从中间一钉成书。2003年以后，采用胶订，也开始有书脊了。2011年，封面覆膜。

页码变化

1994—2010年为64个页码，2011年至今为80个页码。

版式版面

1996年第2期至1998年，采用左右开卷。将刊物一分为二。前半排版文章，后半将封底作封面，竖排诗词内容，右向左翻。

从1994年创刊号到1998年第6期，理论文章排在前面。1999年第1期起，诗词排在前面，文章放到后面。

定价调整

从创刊至今，价格调整了6次。见下表：

定价	年份	定价	年份
3元	1994—1995	6元	2007—2010
4元	1996—2000	10元	2011—2015
5元	2001—2006	12元	2016—2022

发行数量

据1998年第2期：各地邮发订户订10910份。同年第3期，公布各地邮发为12000册；自办发行为4000册。2002年第5期《中华诗词改刊座谈会纪要》中说："刊物发行量上升到全国诗歌报刊的首位"。20多年过去，2021年杂志的发行量增长了一倍，订户近3万。

人员构成（详见下表）

职称\人数	姓名\时间
主编5人	刘征（1994.7—2001.6）
	杨金亭（2001.8—2010.7）
	张结（2001.8—2010.7）
	郑伯农（2010.8—2018.1）
	高昌（2018.2—）
执行主编2人	王亚平（2010.8—2011.5）
	高昌（2011.6—2018.1）
副主编16位	周笃文（1994—2000）
	林从龙（1994—1999.2）
	王澍（1994—1998）
	洪锡祺（1994—1998）
	许兆焕（1998.4—2001.3）
	杨金亭（1999—2001.7）
	张结（2000.4—2001.7）
	欧阳鹤（2000.4—2005.3）

续表

职称\人数	姓名\时间
副主编16位	丁国成（2000.4—2019.3）
	许世琪（2001.4—2003.5）
	蔡淑萍（2004—2006）
	赵京战（2004—2013.2）
	王亚平（2009.3—2010.7）
	林峰（2013.3—）
	刘庆霖（2014.7—）
	宋彩霞（2017—）
编辑部主任7人	洪锡祺（1994.7—1998.9）
	秋枫［李书文］（1998.10—2001.3）
	王国钦（2001.4—5）代理
	张文廉（2001.6—2003.5）
	赵京战（2003.6—12）代理
	宋彩霞（2012—2016）
	潘泓（2017—）
编辑部副主任2人	张力夫（2004.10—2010.11）
	潘泓（2013.8—2016）
文章责编4人	金粟［洪锡祺］（1997.3—1998.6）
	卢白木（1999.1—2）
	何鹤（2018.4—2021.4）
	宋彩霞（2021.5—）
诗词责编15人	王屋翁［王澍］（1997.3—1998.5）
	刘梦芙（1997.4—1998.2）
	欧阳鹤（1998.3—2000.3）

续表

职称\人数	姓名\时间
诗词责编15人	秋枫［李书文］（1998—2001.3）
	刘宝安（1998—2012.7）
	张超（2000—2002）
	张文廉（2001.6—2002.5）
	李书贵（2002三个月）
	张力夫（2003—2010.11曾署名"张志勇"）
	宋彩霞（2010.10—2011）
	张晓虹（2010.11—2013.7）
	潘泓（2012.8—2013.7）
	武立胜（2013.10—2014.10；2017.4—2021.4）
	胡彭（2014.11—）
	何鹤（2021.5—）
封面设计16人	朱鸿祥（1994）
	李老十（1995）
	建业（1996）
	吴寿松（1997）
	卢宝泉（1998）
	肖艺（1999）
	姜寻（2000—2003）
	正信（2004）
	石俊卿（2005）
	吴春琼（2006）
	张昕（2007）
	陈非尘（2008）

续表

职称\人数	姓名\时间
封面设计16人	杨晓鲁（2009—2010）
	弘愚［何鹤］（2011）
	刘迅甫（2012）
	弘愚［何鹤］（2013）
	亚东［张亚东］（2014）
	张亚东（2015—2021.3）
	潘正培（2021.4—2022）
美术编辑10人	田威（1994.7）
	李旭（1995.1）
	傅凌（1995.2）
	齐永山（1995.3）
	里叶（1995.4—1997.1）
	傅芝发（1997.2—1998.5）
	曲小平（1998.6）
	艾虎（1999.2—6）
	秋枫［李书文］（2000—2001.3）
	李津红（2009.2—12）
	董澍（2011）
	张亚东（2012—）
版式设计13人	帅光耀（1994.1）
	梅素华（1994.2）
	傅凌（1995.1）
	群力（1995）
	禾子（1996—1998）

续表

职称\人数	姓名\时间
版式设计13人	龙汉山（1999）
	董游（1999）
	秋枫［李书文］（2000—2001.3）
	王国钦（2001.4—5）
	张文廉（2001.6—2003）
	李津红（2009.2—12）
	董澍（2011）
	张亚东（2012—）

青春诗会

2002年11月18日，在北京召开了首届青春诗会，到2021年7月10日网络青春诗会，青春诗会共举办18届。其中，2003和2011年中断。共有205人参加。详见下表：

届别	年份	地点	参会人员	人数	教务
1	2002	北京石景山	魏新河、尽心、王恒鼎、杜琳瑛、丁梦、吴江涛、林峰、王震宇、郑雪峰、张脉峰、黄飞鹏、刘璠、高旭红、胡朝明、蔡正辉、孙红光、马湘君、刘彦君、张超	19	刘征、杨金亭、张结、周笃文、郑伯农、丁国成、欧阳鹤、石理俊、张文廉、刘宝安、李书贵
2	2004	北京石景山	张青云、陈伟强、程羽黑、康卓然、朱宝纯、谢庆琳、李立中、刘万飞、婉臧、高昌、王旭	12	刘征、杨金亭、张结、周笃文、郑伯农、丁国成、欧阳鹤、蔡淑萍、赵京战、刘宝安、张力夫

续表

届别	年份	地点	参会人员	人数	教务
3	2005	北京石景山	瞿茂松、曾俊甫、王小娟、涂运桥、吴菲、沈云枝、崔栋森、朱荣梅、李济州、迟永捷、徐若梦、张洪恩	12	杨金亭、张结、周笃文、欧阳鹤、丁国成、蔡淑萍、赵京战、刘宝安、张力夫
4	2006	北京石景山	赵缺、韩林坤、伊淑桦、袁昶、杜艳丽、石印文、樊泽民、刘立杰、张荣昌、朱婷	10	刘征、杨金亭、张结、周笃文、郑伯农、欧阳鹤、丁国成、雍文华、赵京战、刘宝安、张力夫
5	2007	北京石景山	杜斌、沈利斌、李映斌、侯连云、马琳、啸尘、郑力、阎俊、彭德华、尚洪涛、张潮波	11	杨金亭、张结、欧阳鹤、郑伯农、周笃文、丁国成、赵京战、李树喜、刘宝安、张力夫
6	2008	北京石景山	伦丹、关燕苹、白凌云、金中、张伟、李骥、陈斐、徐国民、李令计、祝君达、胡子华、高满凤	12	周笃文、杨金亭、张结、郑伯农、欧阳鹤、丁国成、赵京战、李树喜、刘宝安、张力夫
7	2009	北京石景山	王晶、曹辉、段爱松、王纪波、时晨、蔡娜、李珑、陈泽兰、王明鹏、谢远基	10	杨金亭、张结、郑伯农、欧阳鹤、丁国成、赵京战、王亚平、周兴俊、李树喜、刘宝安、张力夫
8	2010	北京石景山	陈亮、齐凯、周晶晶、三林、高志发、韩丽阁、寇春连、甄德如、严雯、王鸿云	10	杨金亭、郑伯农、李文朝、丁国成、周兴俊、赵京战、王亚平、宋彩霞、刘宝安、张晓虹

续表

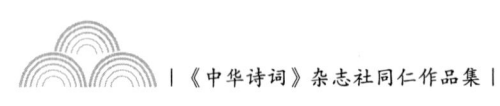

届别	年份	地点	参会人员	人数	教务
9	2012	辽宁大石桥	韦树定、刘如姬、徐立稳、关波涛、陈正印、李伟亮、赵林英、赵子龙、刘玉红、王秀华、张雷	11	郑伯农、李文朝、周笃文、欧阳鹤、丁国成、赵京战、高昌、范诗银、林峰、宋彩霞、李葆国、刘宝安、潘泓、张晓虹
10	2013	湖南张家界	黄晋卿、杨强、张彦彬、徐俊丽、徐凌霄、汪业盛、王维、赵海萍、浩然、邱艳燕、刘宏玺	11	郑伯农、李文朝、周笃文、丁国成、宣奉华、赵京战、高昌、林峰、刘庆霖、范诗银、宋彩霞、潘泓、张晓虹
11	2014	陕西延安	白云瑞、王永收、曾小云、张友福、吴宗绩、姜美玲、邱亮、耿立东、王海亮、谢文韬、赵日新	11	郑伯农、李文朝、周笃文、丁国成、高昌、李树喜、林峰、刘庆霖、宋彩霞、潘泓
12	2015	山东寿光	朱思丞、芮自能、陈慧茹、张月宇、张小红、杜悦竹、孙守华、陈鸿波、崔杏花、胡江波、曾入龙、渠芳慧、郭文泽、肖弘哲、邹路	15	郑伯农、李文朝、高昌、李树喜、林峰、刘庆霖、范诗银、宋彩霞、潘泓、胡彭
13	2016	甘肃白银	哈声礼、马腾飞、陆修远、李红、黄康荣、郭亚军、安洪波、徐中美、夏苏、辛学超	10	高昌、李文朝、丁国成、林峰、刘庆霖、潘泓、胡彭
14	2017	河南许昌	蒋本正、陈少聪、耿红伟、唐云龙、韦勇、刘洋、张佳亮、李昊宸、王文钊、张孝玉	10	高昌、李文朝、丁国成、林峰、潘泓、武立胜、胡彭

续表

届别	年份	地点	参会人员	人数	教务
15	2018	山东新泰	李兴来、赵云鹏、禚丽华、薛景、张伟超、张思桥、吴楠、李俊儒、晏水珍、刘博	10	钟振振、杨逸明、高昌、范诗银、李文朝、林峰、刘庆霖、宋彩霞、潘泓、武立胜、胡彭、何鹤
16	2019	江苏盐城	胡维、李点、陈植旺、丁昊、毛维娜、李洋、宋华峰、楚雪、王淑贞、郭小鹏	10	钟振振、杨逸明、高昌、范诗银、林峰、刘庆霖、宋彩霞、潘泓、武立胜、胡彭、何鹤
17	2020	网络	王敏瑜、唐本靖、白存权、金旺、曹杰、黄伟伟、孙双凤、彭哲、龙健、龚晴宜、李岱宸	11	高昌、范诗银、林峰、刘庆霖、朱超范、宋彩霞、潘泓、武立胜、胡彭、何鹤
18	2021	河北涉县	王映锦、毛华兵、吕星宇、徐小平、郭子思、刘佛辉、刘子轩、晁金泉、樊令、段春光	10	高昌、范诗银、林峰、刘庆霖、江合友、姚泉名、宋彩霞、潘泓、胡彭、何鹤
青春诗会参会总计：205人					

金秋笔会

1996年第1期《首届中华诗词研讨改稿会在京举行》："1995年10月23日至28日，由《中华诗词》编辑部、《文艺报》社及《诗探索》编辑部联合举办的首届中华诗词研讨改稿会在北京召开。来自全国各地的代表300余人欢聚一堂，听取了李汝伦、蔡

厚示、杨金亭、张同吾等专家、教授、学者的讲座；并由缪海棱、张结、苏仲湘、林锴、周笃文、林岫、王澍、吴柏森、陈莱芝、洪锡祺等诗词家、教授、编辑分组辅导研讨并改稿。"这可能就是"金秋笔会"的源头吧。1997年第4期《中华诗词高研班在京圆满结业》：由"回归颂"大赛组委会、中华诗词学会、中华诗词社联办的中华诗词高研班暨诗词笔会于1997年6月16—23日在京举行。林从龙、蔡厚示、刘征、黄拔荆、周笃文、李汝伦、杨金亭、李元华、叶玉超作了报告。1997年第5期《关于举办第二届中华诗词高级研讨班的通知》：1997年11月24—30日，中华诗词杂志社联合厦门大学中文系在厦门大学举办第二期中华诗词高级研修班。1999年第5期《世纪颂中华诗词笔会侧记》：1999年7月26日，中华诗词学会、中华诗词社"世纪颂"中华诗词笔会开幕。林从龙、杨金亭、周笃文、霍松林、蔡厚示、林恭祖、熊鉴等讲座指导。以上活动，均为"金秋笔会"的前奏。

2004年第12期：2004年9月25日，在北京石景山中础宾馆召开了"2004年京华'金秋'笔会"，金秋笔会这个提法自此出现。此后，又举办了第2届2005年安徽黄山、第3届2006年湖北武当山、第4届2007年四川绵阳、第5届2008年云南玉溪、第6届2009年北京石景山、第7届2010年北京石景山、第8届2011年湖北大冶、第9届2012年河南永城、第10届2013年山东即墨、第11届2014年江西瑞昌、第12届2015年河北南戴河、第13届2016年山东临朐、第14届2017年北京昌平、第15届2018年福建上杭、第16届2019年河北秦皇岛金秋笔会。"金秋笔会"，以及17、18两届网络金秋笔会已经成为《中华诗词》杂志普及诗词教育的一个品牌。

诗词作者

自创刊以来至2022年第3期,《中华诗词》诗词版块共上稿55141人次。详见下表:

年份\期数	1	2	3	4	5	6	7	8	9	10	11	12	总
1994	176	162	—	—	—	—	—	—	—	—	—	—	338
1995	160	121	163	143	—	—	—	—	—	—	—	—	587
1996	165	110	162	169	—	—	—	—	—	—	—	—	606
1997	137	155	209	127	122	103	—	—	—	—	—	—	853
1998	153	135	185	222	230	178	—	—	—	—	—	—	1103
1999	158	174	168	160	188	210	—	—	—	—	—	—	1058
2000	176	198	187	140	200	171	—	—	—	—	—	—	1072
2001	219	217	192	169	195	172	—	—	—	—	—	—	1164
2002	136	188	122	146	114	135	—	—	—	—	—	—	841
2003	107	143	106	145	107	148	132	160	124	119	142	174	1607
2004	150	186	139	164	126	160	103	145	142	153	145	135	1748
2005	113	164	117	109	122	139	122	140	115	143	138	105	1527
2006	122	144	115	164	172	151	134	141	133	125	147	142	1690
2007	42	128	104	120	100	139	116	123	105	111	91	131	1310
2008	62	111	103	108	133	157	144	161	152	113	100	121	1465
2009	79	96	108	106	144	100	101	93	109	100	111	126	1273
2010	58	112	110	109	73	100	89	100	118	77	131	143	1220
2011	170	232	192	211	200	221	225	216	272	257	256	270	2722
2012	201	293	301	209	224	233	238	192	262	216	259	237	2865
2013	294	211	250	256	250	254	267	271	277	259	318	272	3179
2014	321	265	261	264	258	219	247	230	251	215	232	214	2977
2015	220	244	250	234	252	220	230	278	269	220	232	263	2912
2016	212	206	246	198	244	250	220	227	225	217	219	231	2695
2017	185	285	258	240	233	252	279	262	272	248	260	284	3058
2018	290	307	341	324	272	302	288	266	336	268	318	254	3566
2019	282	255	277	334	306	296	311	248	318	275	350	355	3607
2020	348	337	329	301	284	313	306	312	319	271	285	299	3405
2021	320	366	356	302	315	289	255	260	283	312	275	360	3693
2022	310	306	384	—	—	—	—	—	—	—	—	—	1000
总计	5366	5851	5735	5174	4864	4912	3807	3825	4082	3699	4009	4116	55141

自创刊以来至2022年第3期，《中华诗词》理论版块共上稿3207人次。详见下表：

年份\期数	1	2	3	4	5	6	7	8	9	10	11	12	总
1994	16	22	—	—	—	—	—	—	—	—	—	—	38
1995	19	16	15	25	—	—	—	—	—	—	—	—	75
1996	13	16	13	10	—	—	—	—	—	—	—	—	52
1997	17	16	14	12	10	11	—	—	—	—	—	—	80
1998	12	13	13	16	11	7	—	—	—	—	—	—	72
1999	9	10	13	10	15	7	—	—	—	—	—	—	64
2000	13	19	11	11	15	14	—	—	—	—	—	—	83
2001	12	9	13	19	12	16	—	—	—	—	—	—	81
2002	8	13	17	12	14	14	—	—	—	—	—	—	78
2003	13	7	11	10	9	10	15	11	13	12	10	9	130
2004	12	21	15	9	5	9	13	14	13	13	11	10	145
2005	10	7	12	13	11	9	15	13	13	12	11		140
2006	14	16	13	15	12	12	8	14	9	7	10	9	139
2007	9	12	17	16	12	16	18	13	9	15	11	15	163
2008	19	11	9	16	13	12	14	13	9	12	9	12	149
2009	9	12	16	14	7	15	15	12	12	9	14	13	148
2010	13	9	11	13	15	13	11	13	7	9	11	9	134
2011	13	19	21	14	16	19	12	12	17	17	13	6	179
2012	12	8	12	12	10	12	16	9	10	12	9	11	133
2013	11	11	11	10	12	5	13	11	17	15	13		143
2014	9	12	10	14	10	12	13	13	14	12	12	15	146
2015	12	15	12	11	13	15	11	11	12	12	14	7	145
2016	9	8	7	12	13	9	14	11	11	14	14	8	128
2017	15	7	12	14	11	4	9	8	13	9	13	9	124
2018	15	7	11	10	12	16	13	7	8	3	12	8	122
2019	11	8	8	7	11	9	11	10	9	12	8	7	111
2020	5	9	5	7	10	7	8	9	5	9	11	10	85
2021	8	6	8	10	12	10	10	10	6	7	7	6	100
2022	6	8	6	—	—	—	—	—	—	—	—	—	20
总计	344	347	336	342	291	284	237	219	202	211	218	186	3207

二、社务部分

人员构成表

社长3人	梁东（1994.6—2001.6）
	李文朝（2010.8—2018.4）
	范诗银（2018.5—）
副社长1人	王吉友（1994—1998）
社长助理1人	李赞军（2016.12—）
办公室主任2人	王德虎（2002—2010.6）
	李赞军（2010.6—）
副主任1人	李赞军（2008—2010）
办公室会计3人	李赞军（2000—2012.2）
	王文（2012.3—2018.4；2021.9）
	王丽萍（2018.4—2021.8）
办公室出纳2人	李淑霞（2002.8—2018.12）
	郑欣（2018.6—）
发行部主任1人	张脉峰（2010.8—2010.11）
发行员7人	申敏（2004—2009.2）
	李赞军（2009.3—2011.1）
	杨京海（2011.2—2011.6）
	张亚东（2011.6—2012.3）
	王文（2012.3—2018.4；2021.9—）
	王丽萍（2018.4—2021.8）
	郑欣（2018.6—）

刊址变迁表

迁址4次	北京市东城区北兵马司17号（1994—2009）
	北京市西城区太平桥大街4号9层（2010—2012.2）
	北京市海淀区阜成路58号808室（2012.3—2020.7）
	北京市东城区东四八条52号2楼（2020.8—）